Ronny Zander

Zanderman

Buch
Ronny Zander aus München erzählt unglaubliche, aber allesamt wahre Geschichten aus einem einzigen Leben. Eine Reise in die Vergangenheit und zurück ins Heute. Über fünfzig Jahre Zeitgeschichte, die Sie nicht nur zum Schmunzeln bringen werden, sondern zum Vergleichen und zum Kopfschütteln.

Autor
Ronny Zander, ein ganz normaler Bürger mit einer Vergangenheit aus Schule, Lehre, verschiedenen Berufen, nicht zuletzt der Tätigkeit als angestellter Fahrlehrer und Leiter einer Fahrschule sowie einem überwiegend glücklichen Leben bis heute. Dieses Leben teilt er heute mit einer wunderbaren Frau an seiner Seite, und es ist wie eh und je geprägt von vielen außergewöhnlichen Erlebnissen, die er nun mit Ihnen teilen möchte. Um Ihnen keine seiner wirklich irren Geschichten vorzuenthalten, entstand das Buch: »Die wahnsinnigen Geschichten eines Nichtwahnsinnigen«.

Ronny Zander

Zanderman

Die wahnsinnigen Geschichten eines Nichtwahnsinnigen

Texte: Copyright © 2019 by Ronald Zander
Titelbild: Copyright © 2019 by Claudio Ruthner
Verlag:
Ronald Zander
Sedanstraße 12
81667 München
RZander484@aol.com
Druck: epubli – ein Service der neopubli GmbH, Berlin

Inhaltsverzeichnis

Vorwort	7
Mein erstes Mal. 1967	10
Meine Schwester Gabi. 1975	13
Schorsch. 1977	20
Mein zweites erstes Mal. 1978	26
Polizeialarm. 1979	31
Der Totengräber. 1983	36
Bahnübergang. 1984	42
Bombendrohung. 1986	48
Der Leierkastenmann. 1987	53
Mein Freund Heinz. 1988	59
Die Führerscheinprüfung. 1989	64
Ein Mann sieht Rot. 1989	69
Der Boxer. 1990	74
Katharina. 1999	78
Drogen, nichts als Drogen. 2000	83
Es ist nicht alles Silber, was glänzt. 2005	88
Frohe Weihnachten. 2008	92
Mein Freund Arnold. 2010	97
Die teuerste Einkaufstüte meines Lebens. 2013	102
Mord verjährt nicht. 2014	105
Die Maus. 2015	109
Duschen und dabei Steak essen. 2015	115
Einmal Pipi bitte. 2016	119
Bitte, bitte aussteigen. 2018	123
Ein Tag wie jeder andere. 2019	127
Schlusswort	131

Vorwort

Wahrscheinlich sind Sie jetzt sauer, so richtig sauer auf sich selbst. Ehrlich gesagt, ich wäre es an Ihrer Stelle auch. Genau an dieser Stelle bin ich auch jedes Mal sauer. Weil ich schon wieder das Vorwort lese, das ich eigentlich gar nicht lesen wollte. Doch jedes Mal ertappe ich mich dabei, es doch zu tun, weil ich genauso bin wie Sie, nämlich neugierig.

Und genau das sollten Sie auch sein. Neugierig! Eines garantiere ich Ihnen jetzt schon: Von Absatz zu Absatz, von Seite zu Seite und von Kurzgeschichte zu Kurzgeschichte werden Sie unvermeidlich immer neugieriger werden.

Geben Sie es zu: Sie sind es jetzt schon. Neugierig!

Soll ich Ihnen noch etwas verraten, jetzt schon, auf der ersten Seite?

Na gut – ich tu es.

Ich sage Ihnen eines. Nämlich, es wundert mich nicht, dass Sie jetzt schon neugierig sind. Es macht mich auch nicht stolz, dass Sie jetzt schon neugierig sind. Warum auch? Nur weil ich ein paar kurze Zeilen aufs Papier geworfen habe?

Na schön, kommen wir zum eigentlichen Vorwort. Ich heiße Ronny – Ronny Z. aus M. Na, diese Schreibweise, Ronny Z. aus M., kennen Sie ja schon zur Genüge aus der einen oder anderen Tageszeitung. Keine Angst, so schlimm wird es nicht, dieses Buch zu lesen. Es wird viel besser, als Sie glauben, viel besser als Ihre Tageszeitung.

Ich lebe übrigens in München. Eine schönere Stadt kann man sich wohl kaum auswählen. Ich wohne seit deutlich über fünfunddreißig Jahren hier und zähle leider auch schon mehr als fünfundfünfzig Lenze. Geboren bin ich in Kulmbach, und ich werde Ihnen so einiges von mir erzählen. Beruflich habe ich eine eigene Fahrschule, das nur am Rande erwähnt. Aber keine Angst, bei meinen allesamt von mir absolut selbst erlebten Geschichten geht es nicht nur um Vorfälle und Abenteuer aus der Fahrlehrerei, sondern wirklich aus dem gesamten bunten Leben.

Die Geschichten – ich garantiere noch einmal, es sind wirklich alle wahr – habe ich selbst erlebt, und ich erzähle sie Ihnen in der zeitlichen Reihenfolge, in der sie mir passiert sind, mich überwältigt, überrascht und überrumpelt haben.

Ich möchte, dass Sie, ja genau Sie, Teil haben an dem, was ich in über einem halben Jahrhundert erlebt habe. Dass Sie es vielleicht auch vergleichen mit dem, was Sie selbst zur gleichen Zeit oder im gleichen Lebensalter erlebt haben. Ich möchte, dass Sie zurückdenken an das, was war, und ich möchte, dass Sie sich zurückfühlen zu dem, was einst war.

Und ich möchte, dass Sie dabei schmunzeln. Und das werden Sie – garantiert.

Vielleicht noch eines, es wird Sie möglicherweise wundern, wie eine einzige Person, meine bescheidene Wenigkeit, ganz allein so viele witzige, grausame, erotische, überdurchschnittliche und ominöse Geschichten erleben kann.

Ganz ehrlich, es liegt wohl auch an mir. Ich gehe nicht nur auf Menschen zu, rede mit ihnen und bin relativ offen für alles, sondern ich sehe mich im Leben auch um und suche förmlich nach Abenteuern, so kam es zu diesen Geschichten und Erlebnissen, in denen es sich um Gewalt,

Erotik, Drogen, Straßenverkehr, Witziges und Erstaunliches dreht.

So, und nun viel Spaß in den nächsten Tagen, bis Sie mit diesem Buch fertig sind und Sie anschließend dasselbe tun wie ich.

Alles aufschreiben aus Ihrem Leben.

Gezeichnet: Ihr Ronny Z. aus M.

Mein erstes Mal. 1967

Begonnen hat alles im Kindergarten. Ach was, natürlich fing alles schon mit meiner Geburt an, 1962 in Kulmbach, aber dass ich in Kulmbach geboren bin, erwähnte ich ja bereits. Meine Erinnerungen an die Jahre vor dem Kindergarten sind natürlich gleich null, genauso wie bei Ihnen. Sie müssen zugeben, dass Sie nicht mehr wissen, was Sie mit sechs Monaten erlebt haben. Oder? Also gibt es nur Geschichten aus der Zeit nach den ersten Lebensmonaten bzw. -jahren.

Sie müssen auch zugeben, dass meine Überschrift »Mein erstes Mal« Sie neugierig gemacht hat; schon wieder neugierig, meine ich.

Schon vor dem Kindergarten spielte ich gerne daran herum. Hoppla – nicht das, was Sie denken. Ich meine Legosteine. Sie erinnern sich? Diese vielen, vielen verschiedenen bunten Steine, aus denen man alles Erdenkbare bauen konnte; oder bauen *kann*, denn auch heute noch spielen Kinder mit Lego.

Ich hatte Unmengen von Legosteinen. Einfach alles – die Feuerwehr, den Helikopter, die Tankstelle, Abschleppwagen, Rennwagen, Polizei, Autotransporter und und und. So konnte ich also wirklich alles Erdenkbare bauen. Ich war schon fast ein Bob der Baumeister.

Eines Tages kam ich auf die Idee, ein übergroßes Wohnhaus zu fertigen. Ich hatte alles dafür: Steine ohne Ende, alles für das Dach, alles für den Wohnraum, alles für den Garten und so weiter. Nur eines hatte ich nicht – ich hatte keine Fenster von Lego.

Ich flehte meinen Vater förmlich an, meine Mutter und sogar meine Schwester, die allerdings zu diesem Zeitpunkt auch nicht mehr Geld besaß als ich. Es schien, als gäbe es keinen auf dieser Welt oder in diesem Universum, der mir helfen konnte. Also plante ich, die Sache selbst in die Hand zu nehmen. Wo bekam ich nur Legofenster her? Die Antwort war schnell gefunden: im Kindergarten.

Nur, wie sollte ich aus diesem Hochsicherheitstrakt Legofenster herausbekommen? Der Laden wurde streng bewacht, und zwar von Tante Kathrin, der Leiterin.

Es gab nur eine Möglichkeit: Ich musste zum ersten Mal in meinem Leben kriminell werden. Ja, in der Tat, ich spielte mit dem Gedanken, Fenster zu klauen.

Von Planung konnte im Alter von nicht einmal sechs Jahren natürlich nicht die Rede sein, und so kam es auch, dass ich es eines Tages einfach tat. Mein Kumpel Rainer stand mir dabei zur Seite. Rainer war ein ganz cooler Typ. Okay, nicht der allercoolste. Er war einer von denen, die beim Mittagsschlaf in die Hose machten, und zwar jedes Mal. Sie kennen das, schließlich gibt es in jedem Kindergarten ein, zwei, drei Kinder, die immer in die Hose machen. Bei Ihnen auch, stimmt's? Wenn ich es recht bedenke, war Rainer bei uns allerdings der einzige Hosenpisser. Und dafür wurde er jeden einzelnen Tag gehänselt, von allen Kindern. Auch von mir.

Rainer sollte also unsere Kindergärtnerin ablenken. Tja, aber anstatt Kathrin abzulenken, verpfiff er mich förmlich. Zuvor hatte es eine gewisse Einsatzplanung gegeben: Während ich die Fenster in meine Hose steckte, sollte Rainer Kathrin mit irgendwelchen Fragen ablenken. Und was tat Rainer? Im entscheidenden Moment nahm er Kathrin an der Hand und führte sie zu mir! Und zwar genau, als ich zugriff beziehungsweise in meine Hose griff, um nämlich die Fenster dort zu verstecken. Kathrin schrie laut auf und stellte mich vor allen Kindern zur Rede.

Dass ich dabei zumindest ein wenig Pipi in die Hose machte, bemerkte ich gar nicht gleich. Sehr unangenehmes Gefühl, vor allem wenn es die anderen auch noch sehen können. Eines war ab diesem Zeitpunkt jedoch klar. Nie, nie mehr hänselte ich Rainer, wenn er in die Hosen machte. Nein, ab hier verteidigte ich ihn sogar, obwohl er mich verpfiffen hatte. So kam es also, dass »Mein erstes Mal« mich vor einer kriminellen Karriere eher bewahrte, als sie zu fördern, Rainer und Tante Kathrin sei Dank. Ich kann mich jedenfalls nicht erinnern, jemals wieder kriminell geworden zu sein. Na ja, hier und da mal ein bisschen Falschparken, okay, aber das sind ja auch nur Ordnungswidrigkeiten.

Allerdings sollte mir Jahre später eine Geschichte passieren, bei der ich zumindest im Auge des Gesetzes kriminell geworden bin, was ich allerdings auch in diesem Fall nicht war. Aber lesen Sie später mehr.

Ihr Ronny Z. aus M.

Meine Schwester Gabi. 1975

Diese Geschichte beginnt 1957 und endet 1975.

1957 wurde Gabi geboren und ging ein paar Jahre später auf die gleiche Schule wie Thomas Gottschalk. Auch in die angesagteste Disco ging man, in der Thomas Gottschalk DJ war. Old Castle war der Name der Disco. Heute nennt man so etwas Club. Sie befand sich unweit und etwas unterhalb der eigentlichen Burg von Kulmbach, der Plassenburg, dem Wahrzeichen der Stadt.

Meine Kindheit war, denke ich, überwiegend schön. Auch die Jahre, die ich mit meiner Schwester Gabi quasi auszuhalten hatte, sind mir in guter Erinnerung. Es waren wohl etwa achtzehn an der Zahl – also fast lebenslänglich, jedoch bei guter Führung. Lebenslänglich wären ja fünfundzwanzig Jahre. Somit habe ich alle meine Kindheitsjahre mit Gabi verbracht.

Ich muss zugeben, dass ich nicht immer nett zu meiner Schwester war. Ich denke da etwa an ihre Puppen, die ich eines Tages eher gewaltvoll von ihren Augen trennte. Ich spreche von Gabis kompletter Sammlung, ohne jede Ausnahme. Um genau zu sein, habe ich sämtliche Puppenaugen sorgfältig mit einem Messer ausgestochen. Gut, bis dahin wusste ich auch nicht, dass ein solch brutales Verhalten in mir schlummerte. Aber ich erinnere mich noch genauestens daran, welche Genugtuung diese Tat mir tief innerlich verschaffte.

Auch eine wirklich schöne Porzellanpuppe musste dran glauben. Wie? Indem ich sie aus dem Fenster warf. Also quasi ganz einfach. Sie denken jetzt, ich hab sie nicht alle, stimmt's? Aber nein, ich bin ganz normal. Jedenfalls heute. Damals vielleicht nicht so ganz.

Dass ungefähr fünf Jahre später meine Schwester sich rächen würde mit einem oder auch mehreren Mordversuchen, das konnte ich damals und will ich auch heute noch nicht glauben, aber erfahren Sie später mehr.

Zunächst ging ich mal brav zur Schule, und meine Schwester machte eine Lehre. Mein Gott, das war so üblich früher. Aber was heißt hier früher? Für mich liegt sie nicht lange zurück, die Vergangenheit. Als wäre es gestern gewesen. Das kennen die Älteren unter meinen Lesern doch auch? Mit manchen Erlebnissen verhält es sich doch so: Wenn man genau überlegt, wie es damals war, glaubt man es absolut nicht, dass es schon zwanzig, dreißig oder gar vierzig Jahre zurückliegt. Na schön, also ich Schule und Gabi eine Lehre. Ich lernte später Elektriker – davon gibt es auch noch ein bisschen zu berichten in der Geschichte »Schorsch«. Meine Schwester Gabi machte eine Lehre im Büro, in der Reichelbrauerei. Kulmbach hatte damals vier Brauereien – die Reichelbrauerei, die EKU, also die Erste Kulmbacher Aktienbrauerei, die Mönchshof-Brauerei und die Sandler-Brauerei. Heute gibt es nur noch eine, die EKU, in die wohl alle eingeflossen sind. Auch Dr. Oetker hatte seine Finger im Spiel und kaufte wohl die eine oder andere Brauerei. Aber schimpfen wir mal nicht über Dr. Oetker. Ohne ihn hätte ich in meiner Kindheit wohl kaum tonnenweise Vanillepudding zu mir nehmen können, denn Dr. Oetker machte damals schon niedrige Preise, die für meine Mutter erschwinglich waren, so auch der Preis von Vanillepudding. Ich glaube, ich könnte nun eine ganze Weile darüber schreiben, in welchem Umfang und in welcher Menge Vanillepudding gut ist oder wie genau dieses Gelb des Vanillepuddings aussieht und welchen Duft er in einer Wohnung hinterlassen kann, aber zurück zu Gabi.

Auch Gabi wurde irgendwann einmal achtzehn Jahre alt. Wenn mich nicht alles täuscht, dann war es ungefähr die Zeit, in der man nicht mehr mit einundzwanzig, sondern mit achtzehn Jahren volljährig wurde. Bin mir allerdings nicht ganz sicher. Jedenfalls stand der achtzehnte Geburtstag meiner Schwester an. Ich weiß nicht, ob sie genau an diesem Tag den Entschluss fasste, mich zu ermorden, oder erst später, fest steht, dass sie es versuchte.

Übrigens, meine Schwester ist die Einzige, die aus der Reihe tanzte in Sachen Geburtstag in unserer Familiengeburtstagsplanung. Meine Mutter hatte am 23. März Geburtstag und mein Vater am 24. März, na ja, und ich, Sie ahnen es schon? Ich habe am 25. März Geburtstag. Mein Onkel Otto, von dem ich meinen zweiten Vornamen habe: 26. März. Meine Schwester Gabi hingegen: 2. Juli.

Kurz nach dem 2. Juli 1975 war es so weit. Meine Schwester bekam ihren Führerschein von der Fahrschule Puchtler, bei der auch ich fünf Jahre später meinen ersten Führerschein machte. Später sollten noch ein paar andere Klassen folgen. Nun war auch der große Tag der Fahrzeugübergabe von meinem Vater an meine Schwester gekommen. Sie bekam einen Simca 1000 GL. Fünf Jahre später bekam ich auch einen Simca, und zwar einen Simca 1100 Special in Metallicgrün. Viele von Ihnen überlegen nun, was ist ein Simca, aber dafür haben wir ja heute Google. Also auf zum Computer und googeln Sie mal Simca. Vergessen Sie nicht, danach zurückzukommen und weiterzulesen.

Die Übergabe des Fahrzeugs ging relativ ratzfatz. Es musste schließlich eine Probefahrt her. Eine Probefahrt, die ich nicht so schnell vergessen sollte. Gabi fuhr nicht schlechter oder besser als andere nach Erhalt ihres Führerscheins, jedenfalls bis zum Hoftor. Das waren immerhin mehr als fünfzig Meter. Diese fünfzig Meter konnten jedoch meinen ersten Eindruck nicht blenden. Ab dem Hoftor, also draußen auf der Straße machte sich die Fahrkunst meiner Schwester schnell bemerkbar. Von Fahren oder Dahingleiten, wie bei meinem Vater im Auto, konnte nicht die Rede sein. Mein alter Herr fuhr zu diesem Zeitpunkt wohl mehr als dreißig Jahre und war obendrein Berufskraftfahrer. Er lenkte privat einen bequemen Mercedes 280 SE zu dieser Zeit. Bei Gabi hingegen war es mehr so ein Hoppeln, vielleicht auch Aufschaukeln, das sich vor allem ein, zwei Tage später durch blaue Flecken an den Knien und an meinen Ellenbogen bemerkbar machte. Krachende Geräusche beim Schalten waren normal, jedenfalls wenn man die Kupplung nicht wirklich bis zum Anschlag trat, und wenn dann der Gang drin war, kam eben das Problem mit dem Schleifpunkt. Konnte man mit diesem nicht gefühlvoll umgehen, dann erzeugte man naturgemäß ein Hoppeln und Schaukeln.

Irgendwie schafften wir es aber, aus der Stadt zu kommen. Erst mal in Richtung Bayreuth und später zurück durch die Stadt und im Anschluss in Richtung Kronach. In Höhe Forstlahm, einem kleinen Vorort von Kulmbach, überholte Gabi den ersten Pkw, der uns genau auf einer Kuppe in die Quere kam. Elegant und recht schnittig fuhr

Gabi an diesem Schild mit einem schwarzen Pkw darauf und daneben einem roten Pkw vorbei, um dann diesen ohnehin schon zügig fahrenden Pkw vor uns zu überholen.

Im Gegensatz zu Gabi kannte ich die Verkehrszeichen schon damals. Auch andere Verkehrsteilnehmer wussten die Schilder richtig zu deuten. So etwa der Lkw-Fahrer, der uns jetzt hupend und aufblendend entgegenkam. Diesen Mann, der mit knallrotem Kopf am Lenkrad saß – hervorgerufen durch zu hohen Blutdruck sicherlich –, diesen Mann, der seinen Mund zu einem lauten Schrei weit aufgerissen hatte, würde ich heute wahrscheinlich noch erkennen, wenn er noch so aussähe wie damals. Mit dreizehn Jahren ist man sicherlich nicht der Beste im Schätzen, aber mehr als dreißig Zentimeter Abstand beim Einscheren und dies bei einer Geschwindigkeit von mindestens hundert Kilometern pro Stunde waren es sicherlich nicht.

Nachdem der Fahrer, den wir überholt hatten, nach etwa einer Viertelstunde sein wütendes Gestikulieren eingestellt hatte, drehte Gabi mitten auf der Landstraße um. Wir fuhren zurück in Richtung Kulmbach. In Kulmbach dachte ich, es ginge nach Hause. Aber nein, Gabi fuhr durch Kulmbach hindurch in Richtung Kronach. Hier kam es zum zweiten Mordversuch. Ich flehte Gabi mehrmals an, nach Hause zu fahren, doch meine Schwester ließ nicht davon ab, mir noch mehr von ihren Fahrkünsten zu zeigen. Ob das der Auslöser dafür war, dass ich heute Fahrlehrer bin und mein Bestes tue, um die Menschheit vor solchen Monstern wie meiner Schwester zu bewahren?

Auf der Landstraße in Richtung Kronach war alles viel ruhiger inzwischen, jedenfalls schien es zunächst so. Wenige

Minuten später wurde ich eines Besseren belehrt. Auch auf dieser Landstraße gab es schöne weit überschaubare Stellen, an denen man locker überholen konnte. Nur wollte und konnte Gabi scheinbar nur an Stellen überholen, an denen man so gut wie gar nichts sehen konnte. Vielleicht wollte sie unerkannt bleiben. Heute kann ich ja drüber lachen. Nach zwei Halben Bier.

Nun sollte es ein Lkw sein, der zu überholen war. Kein Problem, dachte sich wohl Gabi und erinnerte mich dabei beiläufig an ihre Puppen, die irgendjemand verschandelt und ihnen die Augen ausgestochen hatte. Ich hatte keine Zeit, darauf zu antworten, denn der Überholvorgang hatte bereits begonnen. Nachdem Gabi nach links ausscherte, schob sich der Simca sehr langsam am Lkw vorbei. Von Seitenabstand zum Lkw konnte dabei nicht die Rede sein. Als ich nach rechts aus dem Fenster schaute, meinte ich genau die Aufschrift auf den Reifenflanken des Lkw lesen zu können. Was bei einem Kilometer pro Stunde Geschwindigkeitsdifferenz auch für einen Dreizehnjährigen kein Problem war. Gabi muss zu diesem Zeitpunkt irgendetwas gesagt haben, so etwas in der Art von: »Oh Gott« oder »Au Backe«. Jedenfalls animierte mich dies, nach vorne zu schauen, wo ich den uns entgegenkommenden, Sie ahnen es, Pkw sah. Gabi riss das Steuer nach rechts, um vor dem Lkw einzuscheren, und dies gelang ihr auch. Allerdings gelang es ihr auch, nun die Beherrschung über das Fahrzeug zu verlieren, mit der Folge, dass die rechten Räder des Simcas im Bankett ankamen. Das Bankett begrüßte unsere Reifen sofort mit dem Befehl auszubrechen, und das konnten diese wirklich gut. Gabi hingegen war alles andere als eine gute Beherrscherin eines ausgebrochenen Wagens. Von ganz rechts ging es nun nach ganz links und wieder zurück. Was heute selbstverständlich ist, hätte ich mir in diesen Sekunden sehnlichst gewünscht. Dinge wie: Lenkwinkelsensoren, Antiblockiersystem, elektronisches Stabilisierungsprogramm, Gierraten- oder Querbeschleunigungssensoren. Egal, nach ein paar Sekunden mit dem Tod vor Augen ging auch dieser Mordversuch meiner eigenen Schwester glimpflich zu Ende. Äußerlich hinterließ er lediglich ein paar aufgewühlte Bankettspuren, Gummiabriebe, die von unorthodoxen Lenkversuchen zeugten, und massenhaft Verkehrsteilnehmer in Pkws und Lkws, die noch lange Zeit aufregende Geschichten zu erzählen haben würden.

Wir hingegen fuhren ziemlich wortlos nach Hause im Simca 1000 GL.

Als wir im Hof ankamen, erwartete uns schon unser Vater, unruhig auf und ab laufend. Der Simca stand noch nicht mit allen vier Rädern, als mein Vater, sichtlich besorgt, die Fahrertür aufriss, um Gabi deutlich zu verstehen zu geben, dass die Probefahrt zu lange gedauert habe und er nicht unerheblich erbost sei. Als er mich anschließend fragte: »Und was hast du zu sagen, Kleiner, war irgendwas Komisches?«, nun, da dichtete ich spontan einen Vers aus einem Lied, das Udo Jürgens Jahre später dann wirklich auf den Markt brachte, Sie kennen es alle, das berühmte »Ich war noch niemals in New York« – da antwortet er am Schluss auf die Frage »War was?« mit: *Nein, was soll schon sein …*

Ihr Ronny Z. aus M.

Schorsch. 1977

Ich weiß es nicht mehr genau, aber ich glaube, es war im September 1977, als ich meine Lehre begann. Damals war es noch leichter, eine Lehrstelle zu bekommen. Ich konnte mir quasi aussuchen, ob ich Elektriker, Heizungsmonteur, Automechaniker oder gar Bankkaufmann bei der Hypo-Vereinsbank werden wollte. Ich entschied mich für Ersteres, den Elektriker.

Irgendein Gerät bauen mit vielen, vielen Schaltern, das war für mich das Coolste zur damaligen Zeit, zur Zeit von CB-Funk. Sie erinnern sich? Mann, war das eine tolle Zeit! Mit irgendwelchen fremden Menschen, die man später vielleicht sogar persönlich kennenlernte, einfach nur quatschen über Funk, über Reichweite, über Antennen und Funkstationen, über Gott und die Welt. Und dabei irgendwelche Geräte bauen mit vielen, vielen Schaltern zum Ein- und Ausschalten und Abgleichen und zum Dumm-Herumstehen, also Geräte, die irgendwann natürlich nur noch im Weg stehen.

Aber zurück zu meiner Lehre als Elektriker. Hier lernte ich natürlich auch Schorsch kennen, mit bürgerlichem Namen Georg. Georg war schon zwei Lehrjahre weiter als ich. Aber schon bald bemerkte jeder, der Schorsch etwas länger als Arbeitskollegen kannte, dass er nicht annähernd das Können eines Lehrlings im 2. oder 3. Lehrjahr besaß. Allerdings, auch Schorsch konnte bestimmte Dinge besonders gut, so wie jeder von uns etwas besonders gut kann. Schorsch war wohl der einzige Lehrling des Universums, der es verstand, sechs Mal in der Woche zu spät zu kommen, obwohl wir nur fünf Arbeitstage hatten. Dabei reichten seine Ausreden von Krankheiten jeglicher Natur über Gänge zu Ämtern, die es in hundert Jahren noch nicht geben wird, bis zu Familienfeiern allerhöchster Priorität, die es eben zu organisieren gab während der Arbeitszeit. Unser Chef, Herr Wilhelm Koch, ein kleines unscheinbares Männchen, das nie wirklich böse werden konnte, musste sich wirklich dabei alles Unerdenkliche anhören.

Während sich jeden Morgen in der Elektrowerkstatt alle Gesellen und Lehrlinge rechtzeitig um sieben Uhr oder auch etwas früher zur morgendlichen Einteilung einfanden, fehlte Schorsch mit auffallender Beständigkeit. Wenn er dann endlich kam, dann auch gerne mal so spät, dass er erst am Arbeitsplatz, also beim eigentlichen Kunden erschien, wenn wir schon bei der täglichen Brotzeit waren. Eigentlich war das ein optimaler Zeitpunkt für Schorsch, nämlich so etwa neun Uhr morgens. Um diese Uhrzeit konnte er wenigstens gleich mit einer halben Bier den Tag beginnen.

Wobei Schorsch ohnehin jeden Morgen so aussah, als hätte er den Tag schon mit ein, zwei oder drei Bier begonnen oder zumindest noch so viel Restalkohol in seinem Körper, dass es für einen hübschen kleinen Rausch ausreichte. Kennen Sie diese Männer mit den hellroten Köpfen am frühen Morgen oder auch am ganzen restlichen Tag, bei denen man das Gefühl nicht loswird, ihr Blutdruck brächte ihren Körper gleich zum Platzen und der Fußboden sähe danach so aus, als wäre gerade eine Riesentomate aus zwanzig Metern Höhe abgestürzt? So sah Schorsch meistens aus. Seine Haut war aber nicht nur hellrot, sondern auch abwechselnd sehr bleich gefärbt, was im Gesamtbild dann doch eher rosa ergab.

So auch an jenem Morgen, als Schorsch zumindest für seine Verhältnisse pünktlich in die Werkstatt eintrat. Es war wohl so gegen sieben Uhr zehn. Schorsch, nennen wir ihn diesmal doch einfach mal Georg, stolperte die Treppe zur Werkstatt herunter, fing sich aber unten angekommen doch relativ gut ab. Spätestens hier bemerkte jeder in der Werkstatt, dass Georgs rechte Hand verbunden war, wenn auch eher laienhaft. Gut, okay, natürlich bemerkte auch jeder seine offensichtliche Fahne in Verbindung mit mindestens 1,0 Promille Restalkohol. Überhaupt schien sein Restalkoholwert an diesem Morgen besonders hoch zu sein. Auch sein Äußeres, also vor allem sein Kopf war nicht rosarot wie sonst, sondern leuchtete knallrot, seine Augen waren gläsern, so dass man sich in ihnen spiegeln konnte, allerdings verschwommen, so sehr, wie sie von Wasser unterlaufen waren. Seine Hände zitterten und versuchten ständig sich irgendwo festzuhalten, am Tisch, an der Werkbank, am Regal oder an einer Schraubzwinge. Aus riesiger Nervosität fanden seine Hände aber nirgends Halt, und so stand Georg eben doch frei im Raum. Das sah wiederum fast so aus, als stünde ein Soldat vor einem, denn Georg hatte eine auffällig gerade Statur und leblos hängende Schultern, so dass es aussah wie beim Militär.

Kurz nach Georgs Erscheinen kam auch schon unser Chef die Treppe herunter. Niemand bemerkte ihn wirklich, bevor er Georg ansprach, denn alle waren noch damit beschäftigt, den anzustarren. Jetzt aber sprach laut und etwas zornig das Gesetz der Werkstatt, nämlich unser Chef. Seine

Worte drangen durch den ganzen Raum bis in die letzte Ecke und Ritze. Es war offensichtlich, dass es ihm einfach reichte, ständig Ausreden zu hören, und diesmal schien Georg auch noch arbeitsunfähig zu sein, mit diesem Verband. Herr Koch wollte nun aber wirklich wissen, warum sein Lehrling zu spät kam.

Georg musste also raus mit der Sprache. Er war am Vorabend mit seiner Vespa zu seiner Stammkneipe gefahren. Tja, und dort wurde gefeiert und natürlich getrunken, sprich gesoffen, natürlich bis in die frühen Morgenstunden. Wer hier mitfeiern wollte, der musste absolut trinkfest sein. Ich selbst war einige Male dabei und brach diese abendlichen Sauftouren gezwungenermaßen immer ziemlich früh ab. Früher als Georg und die anderen. An diesem Morgen war Georg erst in der Früh nach Hause gefahren, und auf diesem Weg kam es zu einem tragischen Unfall.

Sie haben sich doch eh schon gefragt, so neugierig wie Sie sind, welche Verletzung Georg an seiner rechten Hand hatte, stimmt's? Sie werden erstmal schmunzeln, wenn Sie gleich die Wahrheit und nichts als die Wahrheit erfahren. Georg war also auf dem Heimweg mit seiner Vespa. Zur gleichen Zeit war aber auch ein Leichenwagen unterwegs – na ja, gestorben wird immer, auch in den frühen Morgenstunden. Irgendwo auf der Strecke nach Hause befand sich der Leichenwagen direkt vor der Vespa, auf der Georg saß, leider betrunken, was bekanntlich die Reaktion verlangsamt. Kurzum, der Leichenwagenfahrer bremste angeblich sehr abrupt ab, und Georg fuhr mit der Vespa hinten auf. Logischerweise kam er dabei zu Fall, und Georg wurde von der Vespa getrennt. Georg erzählte weiterhin, dass er relativ schnell aufstand, und zwar weitgehend unverletzt. Doch die Vespa blieb reglos am Boden liegen, mitten in der Kreuzung, nachdem sie zuvor etwa zwanzig Meter über den Asphalt geschlittert war. Georg kümmerte sich natürlich keinen Deut um die Leichenwagenbesatzung, die inzwischen ausgestiegen war, sondern nur um seine Vespa.

Georg räumte uns gegenüber bereitwillig ein, dass er in dieser Situation ein wenig angeheitert war. Wir anderen wussten natürlich: Er war absolut besoffen. Wie das Schicksal manchmal so spielt, tun Menschen in solchen Situationen oft undenkbar komische Sachen. Wie bereits erwähnt war Georg nach dem Auffahren auf den Leichenwagen weitgehend unversehrt. Woher kam dann aber die Verletzung an der rechten Hand? Nach dem, was uns Georg nun erzählte, lachte erst einmal die gesamte Werkstattcrew. Ich denke, Sie werden es auch.

Georg ging also auf die Kreuzung, zu seiner geliebten Vespa. Ohne auch nur eine Sekunde zu überlegen, zog er die Vespa mit seiner rechten Hand an den Fahrbahnrand. Rollfähig war sie leider nicht mehr. Dieser Vorgang dauerte nur wenige Sekunden, und durch seinen Alkoholpegel war es wohl auch nicht gleich spürbar, jedenfalls zog sich Georg dabei eine furchtbar schwere Verbrennung der rechten Hand zu, die monatelang schmerzhaft blieb.

Der eine oder andere hat es vielleicht erraten? Richtig – Georg zog die Vespa am immer noch absolut heißen Auspuff zur Seite. Dass man aufgeregt ist direkt nach einem Unfall, sehe ich ja ein, aber dass man seine Vespa am Auspuff zur Seite zieht und den Verbrennungsschmerz erst nach mehreren Sekunden realisiert, das ist schon gewaltig.

Am Schluss dieser leider absolut wahren Geschichte denke ich nun an Georg. Schorsch, wie wir ihn alle nannten, weilt schon seit ein paar Jahren nicht mehr unter uns. Bei einem Besuch meiner Geburtsstadt Kulmbach wurde mir mitgeteilt, dass er traurigerweise verstorben war. Eines Tages wurde bei ihm Leberzirrhose diagnostiziert, und irgendwann später folgte der langsame Tod von Schorsch. Gott hab ihn selig.

Wenn Sie morgen einer Vespa begegnen oder hinter ihr an der Ampel stehen, dann denken Sie ruhig mal an ihn, an unseren Schorsch. Danke!

Ihr Ronny Z. aus M.

Mein zweites erstes Mal. 1978

Alt war ich nicht, nein, das konnte man nun wirklich nicht sagen. Okay, ich war aus dem Alter von Legobausteinen und auch von Matchbox-Autos raus, aber ich war auch noch nicht *so* alt. Alle werden sich an Legosteine erinnern, und ich hoffe doch, dass ein paar Männer sich auch an Matchbox-Autos erinnern. Für uns Jungs waren die jedenfalls viel, viel wichtiger als Barbiepuppen für die Mädchen.

Nun aber begann eine neue Zeit für mich. Es war an der Zeit, langsam ein Mann zu werden. Damals war noch völlig klar, was das bedeutete. Ein Mann muss heiraten. Ein Mann muss ein Haus bauen. Ein Mann muss arbeiten und somit für die Familie sorgen. Ein Mann muss den Führerschein machen. Ein Mann muss einen Apfelbaum pflanzen. Ein Mann muss aber auch jagen und fischen.

Ich begann mit Letzterem, nämlich dem Jagen und Fischen. Also ging ich alleine oder mit Freunden fischen. Das beginnt man bekanntlich in den frühen Morgenstunden und zieht sich dann über den ganzen restlichen Tag. Also musste man auch versorgt sein mit Essen und Trinken. Dafür hatte man die Mama. Die machte zum Beispiel am Abend davor Nudelsalat oder etwas Ähnliches, und dazu gab es Wiener oder Fleischpflanzerl (Frikadellen). Der Nudelsalat kam dann in mein eigens dafür gekauftes original Bundeswehr-Kochgeschirr in attraktivem Olivgrün. Ich erinnere mich nur zu gerne an Sonnenaufgänge mit morgendlichem Grillengesang nach eher kühlen ersten Morgenstunden und an die ersten Sonnenstrahlen, die das Verweilen am Fischweiher endlich angenehm machten. Dann meldete sich natürlich auch schon der erste Hunger, infolgedessen auch gerne mal der gesamte Nudelsalat schon gegen acht Uhr morgens restlos verputzt wurde. (Was gäbe ich nur darum, einen solchen Nudelsalat jemals wieder essen zu dürfen ...)

Wer schon mal angeln war oder selbst geangelt hat, der weiß, dass man dazu auch Material braucht. Welches? Natürlich Angelmaterial. Rute, Angelrolle, Angelschnur, Blinker, Haken, Schwimmer, Blei, Köder und einiges mehr. Also stand eines Tages ein Besuch im Angelgeschäft an.

Es war an einem Freitag, ich weiß es noch heute ganz genau, ein Freitag, an dem ich zum ersten Mal das neue Angelgeschäft aufsuchte. Der kleine Laden lag eigentlich sehr versteckt in unserer damals nicht so großen Stadt Kulmbach, an einem kleinen Berg in der Nähe des großen städtischen Friedhofes und gegenüber der Diskothek Barbados. Den kleinen Berg hinauf führte ein alter unebener Pflastersteinweg, auf dem ich mein Fahrrad zumeist schob. So auch an jenem Freitag, auf dem Weg zum Angelgeschäft. Als ich die Tür öffnete, hörte ich erst einmal diese Türglocken, die es in tausenden Geschäften gibt. Man öffnet die Tür, die Tür stößt an mehrere Glocken, die an einem dünnen Seil nach unten hängen, und es bimmelt eine Weile.

Tja, das war auch schon das Verhängnis. Wenige Sekunden später sollte sie vor mir stehen, die Verkäuferin des Geschäftes. Wohl aufgeschreckt durch das Gebimmel, betrat sie den Verkaufsraum. Sie war ein Koloss von einer Frau. Ihre Oberarme waren mindestens so dick wie meine Oberschenkel, und ihr Kopf saß auf einem Hals, der – ich garantiere dafür – noch unsichtbarer war als der von Franz-Josef

Strauß seligen Angedenkens. Sie kam freundlich auf mich zu. Na ja, so freundlich wie Verkäuferinnen nun mal sind. Irgendwie gefiel sie mir. Also nicht optisch, aber in ihrer Art und Weise. So kam es, dass ich wohl mehrmals in den Wochen danach im Angelladen aufkreuzte. Wir redeten über alles Mögliche. Kein Wunder, denn vom Angeln hatte ich zu diesem Zeitpunkt so viel Ahnung wie von Lugubrität, Malapropismus oder Längornuität.

So, nun geben Sie es ruhig mal zu. Ich frage Sie einfach: Stimmt's, Sie wollen diese Wörter später googeln, oder? Ganz ehrlich, das würde ich an Ihrer Stelle auch machen.

An einem Samstagnachmittag kam es zum Eklat. Sabine (Name geändert) schlug vor, sich am Abend auf ein Bierchen oder so zu treffen. Und ich, ohne zu überlegen, willigte ein. Sabine selbst kam aus Bayreuth, etwa vierundzwanzig Kilometer von Kulmbach entfernt. Wir trafen uns trotzdem am Abend in Kulmbach. Sabine war schließlich volljährig und hatte den Führerschein. Bewaffnet mit einem orangenen VW Käfer holte sie mich zu Hause in Kulmbach (Ortsteil Petzmannsberg) ab. Wir fuhren in die Stadt, aßen, tranken und ratschten über alles Mögliche außer übers Angeln.

War eigentlich ein ganz schöner Abend, soweit ich mich circa vierzig Jahre später daran erinnern kann. Wenn da nicht diese blöde Idee ihrerseits gewesen wäre, zu ihr nach Bayreuth zu fahren. Ein echter Mann (immerhin war ich auf dem Weg zum Manne) lässt sich natürlich nicht anmerken, dass er eigentlich spätestens um ein Uhr morgens zu Hause sein muss, und willigt deshalb notgedrungen ein. Warum Sabine trotz dieser meiner Einwilligung etwa eine halbe Stunde später von der Bundesstraße abbog, auf einen Feldweg durch den Wald, den man besser nicht hätte befahren sollen, dafür habe ich bis heute keine Erklärung. Na ja, zwischen Kulmbach und Bayreuth jedenfalls, so kurz vor Neudrossenfeld, bog Sabine in einen Feldweg ein. Nach mehreren hundert Metern durch ein Waldstück kamen wir auf eine große Wiese, die man allerdings in der Dunkelheit nicht wirklich erkennen konnte.

Nun ging es schnell zur Sache: Erstens Knutschen. Zweitens Ausziehen. Drittens – ach, was soll ich sagen …

Wie lange das Ganze dauerte, weiß ich nicht mehr. Jedenfalls kam es mir ewig vor. Komischerweise schliefen wir beide in diesem orangenen Käfer ein. Gegen vielleicht sechs Uhr morgens klopfte es gegen die Scheiben des Käfers, und zwar so heftig, dass ich in meinem zarten Alter beinahe einen Herzinfarkt erlitt. Gott sei Dank nur beinahe, sonst säße ich heute nicht hier, um diese Geschichte für Sie in den Laptop zu kloppen. Der Bauer, dem offensichtlich die Wiese, auf der der Käfer stand, gehörte, regte sich so wahnsinnig auf, dass wir in Windeseile das Weite suchten. Erkennen konnten wir niemanden und nichts, schließlich waren die Scheiben des Käfers dermaßen von innen beschlagen, dass Sabine bei der anschließenden Abfahrt fast noch in den wenige Meter entfernten Weiher fuhr, den bisher niemand von uns beiden bemerkt hatte. Zwei schnell mit dem Ellenbogen hingewischte kreisrunde Gucklöcher waren für eine sorgfältige und sichere Abfahrt einfach zu wenig. Nun gab es auch noch einen zweiten Mann, der kurz vor dem Herzinfarkt stand. Nämlich den Bauern, als er die tiefen Spuren entdeckte, die der Käfer auf der vom Morgentau feuchten Wiese hinterließ. Bevor Sabine dann endlich den Feldweg erreichte, drehte der Käfer mit uns darin noch eine perfekt kreisförmige Ehrenrunde auf der Wiese, was vielleicht ein wenig provokant aussah und den Bauern zu einem wirklichen Herzinfarkt führte. Wer hierüber Genaueres wissen möchte, der sollte mal Zeitungsmeldungen aus dem Jahre 1978 nachschlagen, und zwar mit den Stichwörtern »Bauer«, »Herzinfarkt«, »Wiese« und »plötzlich aus dem Leben gerissen«.

Sabine fuhr mich anschließend noch nach Kulmbach und danach wohl selbst nach Hause. Unser Gespräch während dieser Fahrt bestand aus eher kurzen Bemerkungen, so in der Art von: »Oh Mann« oder »Wahnsinn« oder »Fuck« oder Ähnliches. Sabine sah ich Wochen später noch einmal im Angelgeschäft. Dabei war sie komischerweise ein ganz anderer Mensch, wie verwandelt. Und ich, ich wurde in den nächsten Jahren ein ganz anderer Mensch. Was ich natürlich erst viele Jahre später bewusst wahrnahm.

Irgendwie wollte ich von Verkäuferinnen nichts mehr wissen, und die ganze Geschichte brachte mich auch irgendwie zum Nachdenken. Tja, im Leben hat eben alles seinen Sinn, irgendwie.

Meine Eltern bemerkten Gott sei Dank nichts von meiner Heimkehr in den frühen Morgenstunden.

Ihr Ronny Z. aus M.

Polizeialarm. 1979

1979 stand ich mitten in meiner Lehre als Elektriker. Keine weltbewegende Sache, aber doch ganz okay und heute gut für den Hausgebrauch. Sie erinnern sich bestimmt an die Geschichte »Schorsch«. Hallo, Sie erinnern sich doch wohl, das war die Geschichte vor der Geschichte vor dieser hier.

Aha, Sie haben sich eine längere Pause gegönnt zwischen dieser Geschichte und der davor. Oder zwischen der davor und der vor der. Na gut, es sei Ihnen verziehen. Jedenfalls, Schorsch war ein Arbeitskollege von mir und hatte diesen Rollerunfall. Aha, jetzt dämmert es Ihnen. Denken Sie hin und wieder an unseren Schorsch, wenn Sie eine Vespa sehen? Geben Sie es ruhig zu.

Diesmal war ich schon etwas länger in der Lehre als Elektriker und hatte schon etwas Erfahrung. Man konnte in dieser Phase seiner Ausbildung das eine oder andere schon alleine verrichten. Ich war mit einem meiner Lieblingsgesellen unterwegs. Davon gab es zwei – Heider und Weggerl. Heider hieß mit Nachnamen Heider. So nannte man ihn auch, einfach Heider. Heider war der ältere und etwas ruhigere von beiden. Sein Markenzeichen war es, viel zu rauchen und anschließend die Zigarette zwischen Daumen und Zeigefinger zu zerdrücken, bis die Glut erloschen war. Heider hatte richtige Hornhaut oder verbrannte Haut an beiden Fingern, die einen Schmerz scheinbar nicht zuließen. Na ja, jeder hat so seine Eigenarten.

Wir hatten den Auftrag, einen neuen Stromschaltschrank in der Landeszentralbank von Kulmbach einzurichten beziehungsweise Sicherungsautomaten darin auszutauschen und ein paar andere Kleinigkeiten. Schöne saubere Arbeit erwartete uns. Ganz was anderes als zum Beispiel eine Altbaurenovierung. Gleich um kurz nach sieben in der Früh fuhren wir von der Werkstatt zur Bank. Erstmal alles ansehen, Werkzeug ausladen und natürlich sich einweisen lassen von einer Bankangestellten. Bei dieser Einweisung ging es vor allem darum, was durften wir, beziehungsweise was sollten wir in der Bank unterlassen. Na, auf jeden Fall durfte kein Strom abgeschaltet werden, sonst würde gar nichts mehr gehen in der Bank. Also arbeiteten wir unter Strom, was für gelernte Elektriker nicht so gefährlich erscheint wie für jemanden, der noch etwas Respekt vor Strom hat. Nach einigen Stunden Arbeit ging es am Nachmittag an den Zähler und Stromkasten. Dort war auch die Alarmanlagenzentrale verbaut und angeschlossen. Sie müssen sich einen Stromkasten vorstellen in der Größenordnung von etwa zwei Metern Höhe und acht Metern Breite. Ein gigantischer Kasten unter anderem mit Kupferschienen mit einem Querschnitt von 1,5 Quadratzentimetern und natürlich unter Spannung stehend und Strom führend.

Ich arbeitete im unteren Bereich des Strom- und Verteilerkastens und mein Geselle Heider im oberen Bereich. Heider selbst war ungefähr 1,58 Meter groß und tat sich dadurch schon oft etwas schwer bei der Arbeit. So auch hier in der Landeszentralbank. Er stand bereits auf der Leiter, um an etwas unzugängliche Stellen heranzukommen. Tja, und dann passierte es. Heider, mein Supergeselle, rutschte ab mit seinem Schraubenzieher und verlor das Gleichgewicht, um anschließend etwas unfreiwillig die Leiter herunterzurutschen. Hier fing er sich aber doch recht gekonnt noch ab und verhinderte Schlimmstes.

Das Problem war nur der Schraubenzieher, der nicht bis zum Boden im Stromkasten herunterfiel, sondern auf zwei Leiterplatten hängen blieb.

Auch kein Problem, dachte mein Supergeselle, denn ich hab ja Ronny mit dabei, und der hat kleinere Hände als ich selbst.

Jedenfalls bekam ich den Auftrag, mit meinem Schraubenzieher den festhängenden Schraubenzieher anzutaksen, damit dieser nach unten durchfallen konnte. Ich dachte mir auch, kein Problem. Also gesagt, getan. Ein kleiner Schubs von nicht einmal einer Sekunde kann zwar nicht gerade den Verlauf der Menschheitsgeschichte verändern, aber er sollte an diesem Tag unsere Arbeitszeit, die normalerweise um sechzehn Uhr endete, erheblich verlängern. Der Schraubenzieher nämlich fiel zwar tatsächlich nach unten, bevor er allerdings auf dem Boden ankam, fiel er so unglücklich auf zwei Leiterbahnen, dass es einen Kurzschluss gab. Bei 220 Volt wäre dies nicht so schlimm gewesen. Wir sprechen hier jedoch von 750 Volt (Starkstrom) und erheblichen Stromstärken. Bei dieser Größenordnung sind bei einem Kurzschluss durchaus Lichtbögen von dreißig oder vierzig Zentimeter Länge möglich. Heider und ich gehörten nun zu den wenigen Elektrikern, die einen solchen Lichtbogen bestaunen durften. Dieser Lichtbogen hatte allerdings nicht nur erstaunliche Lichteffekte, die kaum zu beschreiben sind, sondern auch einen etwas unheimlichen Knall. Der Knall verhallte jedoch schnell, im Gegensatz zu unseren Brandwunden. Ich glaube, wir sparten infolgedessen einiges an Rasierschaum und Rasierklingen ein; Rasieren war für die nächsten Wochen ein Fremdwort für unsere Gesichtshaut. Schließlich fand man hier wochenlang kein einziges Haar. Bei mir und bei meinem Supergesellen waren vor allem die Augenbrauen völlig verschwunden, und dort, wo zuvor Haare waren, waren nun zwei rosarote Streifen über den Augen. Unsere Gesichtshaut sah so hellrosa und verbrannt aus wie die Haut von Miss Piggy von der Muppet Show kurz nach ihrer Geburt.

Übrigens war nicht nur die Landeszentralbank, sondern auch das restliche Haus völlig ohne Strom. Was wir, unter Schock stehend, in den ersten Sekunden auch noch nicht bemerkten, war eine eigentlich unüberhörbare Alarmsirene an der Außenwand. Leider gingen allerdings »normale« Türen wie die zu unserem Raum noch auf. Was zur Folge hatte, dass uns kurz danach der Direktor der Bank einen Besuch abstattete, um uns so laut den Marsch zu blasen, dass selbst die Alarmsirene für diese Zeit nicht zu hören war. Fast zeitgleich stürmten nun vier Polizisten den Raum und versuchten meinen Supergesellen, dem ich den ganzen Schlamassel zu verdanken hatte, und mich selbst festzunehmen. Mit vorgehaltener Waffe bedrohten sie uns, selbst der Direktor hatte alle Mühe, sie davon zu überzeugen, dass wir nur Handwerker waren.

Nun galt es erst einmal, sich zu sammeln und eine Schadensaufnahme zu machen. Der Strom-und-Verteiler-Kasten war als solcher nicht mehr zu gebrauchen, und was am schlimmsten war, der riesige Tresor der Landeszentralbank ließ sich nicht mehr öffnen. Alles Dinge, für die man einiges Interesse aufbrachte, ganz im Gegensatz zu meiner Brandwunde am rechten Unterarm. Sie tat fürchterlich weh, war etwa so groß wie ein Fünfmarkstück und hatte ein Rosa, das ich nicht vergessen werde. Natürlich riss ich mich zusammen und kühlte die Wunde etwa fünf Minuten unter kaltem Wasser auf der Toilette.

Danach ging es wieder an die Arbeit, und zwar bis gegen dreiundzwanzig Uhr. Da hatten wir es endlich geschafft, dass die Alarmanlage wieder einen Notstrom hatte und der Tresor sich öffnete. Auch die in der Bank mit uns verweilende Bankangestellte freute sich über den heißersehnten Feierabend. Auf uns kam natürlich noch mehr Arbeit zu in den nächsten Tagen, denn es musste einiges erneuert werden, was Gott sei Dank die Versicherung unseres Betriebes übernahm. Was Heider, mein Supergeselle, und ich uns allerdings teilten, worauf unser Chef auch bestand, war die Strafe für die Anfahrt der Polizei, ausgelöst durch mich und Heider. Für mich mit meinem Minigehalt als Lehrling war das schlimm genug.

Heute habe ich übrigens wieder Augenbrauen – ist das nicht schön?

Ihr Ronny Z. aus M.

Der Totengräber. 1983

Am 1. Oktober 1980 ging es los. An diesem Tag meldete ich mich bei der Bundeswehr in Rendsburg. Tja, und ein paar Monate später lernte ich ihn kennen. Den Totengräber! Das war schon bei der Bundeswehr in München, zu der ich nach meiner Grundausbildung versetzt wurde, und zwar in die Fürst-Wrede-Kaserne, eine Kaserne der Heeresflugabwehr. Dort verrichtete ich meinen Dienst als zum Beispiel Richtkanonier auf dem Flugabwehrraketenpanzer Roland oder als Versorgungsunteroffizier. Na ja, und später bot man mir natürlich einen Posten als Fahrlehrer bei der Bundeswehr an.

Bis dorthin war es ein langer Weg, und so kam es, dass auch ich den einen oder anderen Dienst als UvD (Unteroffizier vom Dienst) schieben musste. Was soll ich sagen, anfangs verrichtete ich diese Dienste mit großer Begeisterung. Wie bei so vielen Dingen im Leben lässt dies mehr und mehr nach, wenn man es erst einmal öfter hinter sich gebracht hat.

So auch an jenem Wochenende im Dezember 1983. Ich hatte Dienst als UvD. Schon am frühen Morgen übernahm ich diesen Wochenenddienst mit großem Widerwillen. Es war einer von diesen miesen, grauen und nasskalten Dezembertagen.

Am Abend zuvor hatte der Wetterbericht Schnee angesagt.

Ich war inzwischen Heimschläfer (nicht verpflichtet, in der Kaserne zu übernachten) und wohnte etwa fünf Kilometer von der Kaserne entfernt. Zusammen mit meiner damaligen Frau Karin bewohnte ich eine Dienstwohnung im Münchner Norden.

Es war Sonntagabend, und bis um 22 Uhr mussten alle Nicht-Heimschläfer sich zumindest im Batteriegebäude einfinden, das nun unter meiner strengen Beaufsichtigung stand. Es war wohl so gegen 22 Uhr 10, als ich meine Anwesenheitsliste noch einmal durchging. Es fehlten zwei Soldaten. Wenige Minuten später kam einer der beiden und klingelte am Batteriegebäude. Mein GvD (Gefreiter vom Dienst) öffnete und brachte mir den Soldaten zum Dienstzimmer. Natürlich genoss ich es, diesen kleinen, unterwürfigen, aber einsichtigen Soldaten zu maßregeln. Ich genoss es aber genauso, meine »Macht« nicht auszureizen, also keine Meldung an Vorgesetzte zu erstatten oder Ähnliches. Nein, es machte mir viel mehr Spaß in diesem Moment, in dem mir kein Vorgesetzter über die Schulter schaute, diesem Soldaten zu sagen: »Na ja, dann nun schnellstens auf Ihr Zimmer. Machen Sie sich bettfertig, und ich sehe in Anbetracht der geringen Verspätung von einer Meldung an den Batterieoffizier ab.«

Die Zeit verging, und es war finstere Nacht draußen. Mein GvD schlief bereits, und ich nickte vor irgendeiner Zeitschrift in meinem Dienstzimmer immer wieder ein. Nur unter großer Anstrengung hielt ich mich gerade noch wach. So gegen 0 Uhr 30 wurde ich allerdings absolut hellwach. Irgendjemand schien wütend gegen die Eingangstür zu schlagen, anstatt die Klingel zu benutzen. Ich sprang förmlich von meinem Stuhl auf, während ich gleichzeitig den Schlüssel für die Eingangstüre packte. Ich eilte schnellen Schritts zu ebenderselben, und auf dem Weg dorthin hörte ich bereits das Klirren einer zerbrochenen Glastür.

Sekunden später stand ich davor, und es war niemand zu sehen. Ich trat nach draußen in die stockfinstere schwarze Nacht. Es war totenstill vor der Türe, und eiskalter, fast bissiger Wind wehte um meine nackte Haut im Gesicht und an den Händen. In den Ohren pfiff der Wind nur so.

Draußen war keine Menschenseele zu sehen und kein Lebewesen zu hören, fast unheimliche Stimmung, und ich ging wieder hinein, nachdem ich die zerbrochene Fensterscheibe im unteren Bereich der Türe noch kurz musterte.

Im Dienstzimmer befahl ich meinem GvD, der inzwischen aufgewacht war, dem OvWa (Offizier vom Wachdienst) Meldung zu machen. Ich selbst drehte auf dem Absatz wieder um, um noch einmal nach draußen zu gehen. Vor der Eingangstür pfiff noch immer der eisige Wind. Es hatte sicherlich minus zehn Grad. Es schneite inzwischen unaufhörlich, wenn auch nur ganz, ganz feine Flocken, die den Boden wie mit Puderzucker bestreut aussehen ließen. Plötzlich sah ich vielleicht einen Meter neben dem Glasbruch in der Eingangstüre Blutstropfen auf dem Boden. Sie waren kaum zu erkennen und schimmerten unter dem »Puderzucker« hervor. Offensichtlich hatte sich jemand beim Eintreten der Tür verletzt. Ich entfernte mich immer mehr vom Eingang, und mit zunehmender Entfernung wurden die Blutstropfen immer dichter.

Vor unserem Gebäude waren Parkplätze für verschiedene Soldaten, die jedoch nicht zu den Mannschaftsdienstgraden gehörten und die überwiegend am Wochenende nicht in der Kaserne waren. So waren also nur wenige Fahrzeuge vor dem Gebäude. Die Blutspur führte einige Meter vom Gebäude weg. Ich fror und zitterte inzwischen vor Kälte, während die Blutspur beängstigende Ausmaße annahm. Mir war klar, hier hatte jemand nicht nur einen kleinen Riss in der Haut. In diesem Moment trat ich, der Spur folgend, zwischen zwei Fahrzeuge vor dem Gebäude, und da sah ich ihn liegen. Sein Gesicht war zur Seite gedreht, seine Arme und Beine hatte er auffällig leblos von sich gestreckt, und aus seinem Unterschenkel quoll pulsierend das Blut. Der Mann war inzwischen bewusstlos, sicherlich schon etwas ausgekühlt und zu keiner Bewegung fähig. Jetzt auch bemerkte ich, dass in all dieser Kälte ein angenehm lauwarmes Rinnsal über meine Hände floss, und mir wurde bewusst, dass ich so die Wunde nicht lange zuhalten konnte. Um Hilfe zu schreien war sinnlos bei dieser Entfernung zum Eingang. Es gab nur wenige Möglichkeiten. Die eine war: So zu verweilen, bis jemand kam. Die zweite, die Wunde dem Pulsrhythmus zu überlassen und zu meinem GvD zu rennen. Die dritte, diesen für mich fremden eiskalten Körper zum Eingang zu schleppen, während ich ebenfalls kostbare Zeit verlieren würde, seine Wunde, die scheinbar die Hauptschlagader war, abzudrücken. Ich entschied mich für Letzteres. Allein den Körper auf irgendeine Art und Weise tragfähig zu machen schien für Sekunden unmöglich. Doch irgendwie ist der Mensch in besonderen Situationen wohl doch eher erfinderisch. Es gelang mir, den Soldaten aufzuheben, und nun so schnell wie möglich zum Eingang. Der Weg dorthin kam mir vor wie ein Leistungsmarsch der Bundeswehr, während sein Gesicht durch meine etwas eigenartige Trageweise mir ständig im Rhythmus meiner Schritte in mein Gesicht schlug. Nun hatte ich wirklich genügend Zeit, sein Gesicht zu erkennen. Es war der Soldat, der mir noch fehlte auf meiner Anwesenheitsliste. Am Eingang angekommen stand die Tür Gott sei Dank offen. Gleich dahinter lag ein riesiger Fußabstreifer, der mir als Ablage für den Soldaten diente, denn ich brach an dieser Stelle quasi zusammen und konnte ihn gerade noch halbwegs schonend ablegen. Meine Hände griffen sofort zur Wunde. Ich riss ihm das Hosenbein auf. Nie hätte ich gedacht, dass ich solche Kräfte entwickeln und ein Hosenbein einfach aufreißen konnte, ohne es vorher an irgendeiner Stelle mit Messer oder Schere anzureißen. Glauben Sie mir, es ist möglich. Das Gefühl lauwarmen Blutes, das über meine Hände rann, kannte ich bereits seit kurzer Zeit, und ich empfand es als absolut wohltuend. Meine eigenen Finger spürte ich zu diesem Zeitpunkt nicht im Geringsten. Können Sie sich vorstellen, fließendes lauwarmes Blut als wohltuend zu empfinden, jedoch ihr eigenes Fleisch und Blut nicht zu spüren? Es ist ein wunderbares Gefühl, kann ich Ihnen sagen.

Es dauerte ein wenig, bis mein GvD mich im Eingangsbereich auf der Fußmatte bemerkte und zu mir kam. Schnell war klar, dass seine Aufgabe war, Hilfe von außen zu holen, also Rettungssanitäter. Mein GvD verständigte alle. So auch die Wache, schließlich musste das Rettungsfahrzeug dort durch. Ich selbst war damit beschäftigt, die Hauptschlagader am Oberschenkel unseres Kameraden abzudrücken. Dabei rann und spritzte natürlich immer wieder Blut aus seinen Adern. Wie viel Blut dabei meine olivfarbene Uniform inzwischen aufgesaugt hatte, kann ich nicht sagen. Aber es muss einiges gewesen sein.

Meine Finger waren steif geworden, ich spürte sie wirklich nicht mehr, und eher aus der Gewohnheit der letzten Minuten heraus drückten meine Finger weiter auf seinen Oberschenkel. Ich weiß nicht, nach welcher Zeit endlich das Rettungsfahrzeug zu hören war, aber es war zu hören, und ich freute mich wahnsinnig darüber.

Rettungssanitäter sprangen heraus und nahmen mir in Windeseile die Arbeit ab. Minuten später war klar, auch diese sowie der inzwischen eingetroffene Notarzt konnten die Blutung nicht stoppen.

Es sollte einige Wochen dauern, bis ich erfuhr, dass die Wunde erst im Krankenhaus endlich richtig versorgt werden konnte.

Wochen später kam unser Kamerad aus dem Krankenhaus und nach anschließender Rehabilitation zurück in unsere Kaserne.

Dank oder Anerkennung von unserem Kameraden haben der GvD und ich nie erfahren. Aber seinen Beruf vor seiner Bundeswehrzeit, den erfuhren wir. Er war städtischer Totengräber. Sie haben es schon geahnt – stimmt's?

Ihr Ronny Z. aus M.

Bahnübergang. 1984

Hallo, Sie sind ja auch wieder da. Das freut mich. Ich hatte schon Angst, Sie würden dieses Buch beiseitelegen und nicht mehr anrühren.

Heute erfahren Sie eine weitere wahnsinnige Geschichte von einem Nichtwahnsinnigen. Bei dieser Geschichte hätte ich auch sterben können, aber ich lebe noch. Schön, oder?

Alles begann mit der Einladung zu einer Hochzeit. Da fällt mir ein, ich werde später noch von einer weiteren Hochzeit berichten. Im Jahre 2015, also gut zwanzig Jahre später.

Damals, also 1984, ging es um die Hochzeit von Angie und Kurt, auch Kurti genannt, Freunde von mir und meiner damaligen Frau Karin. Ja, okay, ich gebe es zu, ich bin geschieden. Eigentlich nicht schön, aber nicht alles im Leben kann rund laufen. Dafür habe ich Jahre später die bezauberndste Frau des Universums kennengelernt. Das können nicht viele sagen, stimmt's? Ich schon. Ach ja, und ich bin wieder verheiratet, sogar glücklich.

Aber zurück ins Jahr 1984. Die Hochzeit wurde außerhalb von München in Kreuzpullach gefeiert, einem kleinen Dorf im Landkreis München. Kurti war beliebt und hatte viele Freunde, einer davon war ich.

Wir trafen uns alle zusammen in München, natürlich in unserer Kaserne, zumindest seine Soldatenfreunde. Ach ja, Kurt war bei der Bundeswehr, so wie ich zu diesem Zeitpunkt. Geschenke hatten wir ungefähr zehn Soldatenfreunde natürlich auch, für Kurti und seine zukünftige Frau Angie. Und zwar waren das zum einen ein Umschlag mit Karte und Geld für das Brautpaar. Und zum zweiten eine Yuccapalme. Die war allerdings leider so hoch gewachsen, dass sie in kein Auto passte.

Ich fuhr damals einen Opel Rekord E, Baujahr ca. 1982, mit satten 90 PS. 1984 war das genug. Und ich war Besitzer eines mit Handkurbel versehenen Stahlschiebedachs. Auch keine Selbstverständlichkeit 1984. Also verpasste man mir die Yuccapalme beziehungsweise man stellte sie in den Fußraum meines Beifahrersitzes. Dort thronte nun diese Pflanze und schaute durchs Schiebedach nach außen. So kam es natürlich auch, dass ich alleine zur Hochzeit fahren musste und bei mir keiner im Auto mitfuhr.

Wir fuhren im Konvoi von der Fürst-Wrede-Kaserne los. Ich und mein grasgrüner Rekord reihten uns irgendwo zwischen den Fahrzeugen ein. Etwa sieben an der Zahl waren es. Bei der Abfahrt war es circa zehn Uhr vormittags. So richtig wach war ich noch nicht, und auch zur Unterhaltung hatte ich niemanden mit an Bord. Also machte ich mir erstmal Musik im Auto. AC/DC war angesagt, per Kassette natürlich, damals, 1984. Vier Lautsprecher besaß mein Rekord auch schon, und natürlich hatte ich damals schon den Drang, in Sachen Technik auf dem neuesten Stand zu sein. Also hatte mein Opel einen der besten, modernsten und leistungsstärksten Radio/Kassetten-Player eingebaut, den man für Geld kaufen konnte. Über das Schiebedach drang Hard Rock in voller Lautstärke nicht nur in den Innenraum, sondern auch nach außen.

Es ging zum Stadtrand von München und anschließend über Unterhaching weiter Richtung Kreuzpullach. Ehrlich gesagt fuhren wir irgendeinen Umweg, wodurch wir dummerweise in einen Stau gerieten. Später erfuhr ich, dass dieser Rückstau einiger Autos durch ein extrem langsam fahrendes landwirtschaftliches Fahrzeug verursacht wurde.

Wir hatten natürlich, wie so oft bei solchen Einladungen, etwas Zeitdruck, auf Deutsch Verspätung. Wir versuchten halbwegs pünktlich dort zu sein, denn wir wollten zwar nach dem Beginn der Trauung in der Kirche ankommen, aber doch vor ihrem Ende.

Wir wollten nämlich das Brautpaar überraschen und am Ende der Trauung vor der Kirche Spalier stehen.

Aber erst einmal zurück zu unserem Verkehrsstau.

Nach längerem Langsamfahren und stockendem Verkehrsfluss kam es irgendwann zum Totalstillstand. Ich stand also im Stau. Vor mir meine Kollegen oder Kameraden von der Bundeswehr, die mir wenigstens das Gefühl gaben, dass ich noch in der Kolonne war und sie mich nicht abgehängt hatten. Schließlich kannte ich den Weg zur Kirche gar nicht. Ich hätte also, wäre ich abgehängt worden, erstmal nachschlagen müssen: Wo muss ich hin? Wo ist Kreuzpullach und wo die Kirche? Da ich aber vor mir und in etwas Entfernung auch hinter mir Autos meiner Kameraden erkennen konnte, hatte ich ein gutes Gefühl.

Meine Stereoanlage verbesserte dieses Gefühl nochmals, und ich sang bei AC/DC laut im Auto mit. Der Text stimmte sicherlich nicht immer, aber mir gefiel es. Die Yuccapalme vibrierte im Takt der Bässe auch noch mit, was sich so anfühlte, als wären wir doch zu zweit im Auto.

Plötzlich traute ich meinen Augen nicht, denn meine Kameraden im Fahrzeug vor mir winkten und hüpften tatsächlich im Takt meiner Musik mit. Ich freute mich natürlich und fand's cool. Gleichzeitig wurde ich dadurch dazu animiert, die Musik noch lauter aufzudrehen. Meine Stereoanlage kam dabei an ihre Grenzen, was mich aber nicht dazu bewegte, sie leiser zu stellen. Nein, ich hätte gerne noch 'ne Schippe draufgegeben, aber mehr ging leider technisch bedingt nicht.

Die Kameraden vor mir reagierten immer verrückter auf meine Musik, vor allem die, die auf der Rücksitzbank meines Vordermannes saßen. Sie schrien förmlich zu meinem AC/DC-Song, und das ganze Fahrzeug vor mir wackelte im Takt. So kam es mir jedenfalls vor. Zur Abwechslung schaute ich mal über den Rückspiegel nach hinten. Witzig, auch da konnte ich erkennen, dass meine Musik ihre Wirkung hatte. Auch hier flippten meine Freunde im Auto quasi aus. Einer stand vor dem Fahrzeug und winkte wie ein Verrückter. Cool, einfach nur cool, dachte ich.

Wenige Sekunden später sollte das Ganze leider unterbrochen werden, weil unsere Kolonne sich wieder in Bewegung setzte. Das Fahrzeug vor mir fuhr bereits an und rollte langsam weiter. Ich startete den Motor, was auch strommäßig oder batterietechnisch gut war, denn meine Stereoanlage zog ohne laufenden Motor ja auch mächtig Strom aus der Batterie.

Tatsächlich sprang mein Opel nicht beim ersten Mal an, und ich musste nochmal starten. Die Fahrzeugführer hinter mir waren sehr ungeduldig und hupten bereits unaufhörlich. Ich dachte mir: »Hallo, es geht doch hier nicht um Sekunden.« Endlich war mein Motor zu vernehmen, zwar nicht akustisch, denn die Musik spielte noch immer laut, aber ein

Vibrieren des Motors war zu spüren von meinem 90-PS-Opel-Rekord. Sekunden später rollte dieser auch den anderen hinterher. Komisch war nur, dass die, die hinter mir gerade noch unaufhörlich gehupt hatten, nicht losrollten. Plötzlich hatten die es nicht mehr eilig. Was für Idioten, dachte ich mir bloß.

Allerdings guckte ich dann aus irgendeinem Grund kurz zum Schiebedach hoch, das ja immer noch offen stand wegen meiner Yuccapalme, und mein Herz blieb wirklich kurz stehen. Gott sei Dank nur mein Herz und nicht der Motor meines Autos. Ich glaubte meinen Augen nicht zu trauen. Nur zwei bis drei Zentimeter über meinem Schiebedach war eine weiß-rot-weiß gestrichene Bahnschranke zu sehen. In Sekundenbruchteilen drückte ich mein Gaspedal bis zum Bodenblech durch, um einer Kollision mit der Schranke zu entkommen. Hauchdünn musste wohl die letzte Kante meines Daches vor dem Heckfenster unter der Schranke hindurchgekommen sein. Anschließend hatte dann die Schranke etwas mehr Luft, denn der Kofferraum lag ja einiges tiefer.

Was soll ich sagen, aber dem zufolge, was man mir später berichtet hat, müssen es nur Millimeter gewesen sein zwischen Autodach und Schranke.

Ich drehte erstmal die Musik etwas runter, um mich von dem Schrecken zu erholen. Ich glaube, am meisten ärgerte ich mich darüber, dass meine Kameraden und Freunde gar nicht auf meine gute Musik reagiert hatten, sondern mich nur die ganze Zeit durch Handbewegungen, Gesten und Hupen warnen wollten.

Die anschließende Fahrt zur Hochzeit verlief ohne weitere Zwischenfälle, und wir kamen genau richtig an. Der Yuccapalme ging es den Umständen entsprechend gut. Sie war obenrum ein wenig zerrupft, aber noch vorzeigbar – genau, wie ich mich fühlte. Gesprächsstoff Nummer eins bei der Hochzeitsfeier war natürlich mein Bahnübergang.

Nun, ich habe daraus gelernt und schaue wirklich jeden Bahnübergang vor der Überfahrt lieber zweimal genauestens an, ich hoffe Sie in Zukunft auch.

Anschließend dürfen Sie sich gerne Ihre Lieblingsmusik in Ihrem Auto anhören. Also ich verbiete Ihnen AC/DC bestimmt nicht.

Ihr Ronny Z. aus M.

Bombendrohung. 1986

Hallo! Sie sind mir treu geblieben und wollen auch diese Geschichte nicht versäumen. Ich sag Ihnen was: Finde ich gut.

Wir hatten Nachtfahrt bei der Bundeswehr. Ich weiß, ich weiß, schon wieder Bundeswehr, aber einmal muss es noch sein, okay?

Wenn wir Nachtfahrt hatten, dann ging es um Mitternacht los, und Ende war gegen sieben Uhr morgens. War eigentlich sehr interessant um diese Uhrzeit. Alles Mögliche traf man auf der Straße. Man denkt, eine Stadt schläft um diese Zeit, aber nicht eine Großstadt. Unerklärliche Unfälle auf menschenleeren Straßen sieht man. Menschen, die von und zur Arbeit eilen, hunderte Menschen, die sich in Bars und Clubs amüsieren. Menschen, die ihren Dienst tun, und Menschen, die auch Böses tun. So wie in dieser Geschichte, bei der mir fast das Herz stehen blieb.

Wie in allen Geschichten war auch hier anfangs alles gut und alles normal. Harry und ich waren wieder zusammen an der Kaserne losgefahren. Die Fahrschulgruppe München 1 lag an der Ingolstädter Straße am Stadtrand von München. Harry war mein bester Freund. Ist er heute leider nicht mehr, schade. Wir wechselten uns ab, wer vorausfuhr. Einmal Harry mit seinem Zug (Lkw mit Anhänger der Klasse CE), und einmal ich. Harry war dran vorauszufahren. Wir fuhren über die Neuherbergstraße und die Schleißheimer Straße zum Mittleren Ring und bogen nach rechts ab, in die Esso-Tankstelle, die am Ende der Sackgasse, die zur Hanselmannstraße gehört, liegt. Die Münchner unter Ihnen kennen sie vielleicht noch. Heute steht an dieser Stelle ein Wohnhaus und daneben der Abgasturm vom Petueltunnel.

Harry ließ seinen Fahrschüler in der Tankstelle anhalten und sprang gleich nach dem typischen Geräusch entweichender Luft der Federspeicherbremse (Handbremse der Druckluftbremsanlage) aus dem Führerhaus, um Zigaretten zu holen. Sekunden später hielt mein Fahrschüler an, und ich sprang hinterher. Wir hatten nicht so viel Zeit, denn unser Fahrtenschreiber lief im Führerhaus. Außerdem sollte die Nachtfahrt des Fahrschülers nicht allzu lang unterbrochen werden.

Als ich in den Verkaufsraum kam, sagte ich laut, guten Morgen, dies ist ein Überfall. Diesen Scherz beantwortete die Tankstellenangestellte, indem sie den Zeigefinger vor den Mund legte und uns damit um Ruhe bat. Harry stand direkt vor ihr, um Zigaretten zu bestellen, und sie telefonierte, den Hörer zwischen Schulter und Wange eingeklemmt. Nun schrieb sie auf einen Zettel »Bombendrohung« und zeigte auf den Hörer, was wohl bedeutete, dass der Täter gerade mit ihr sprach. Harry drehte sich zu mir um, wir sahen uns vielleicht zwei Sekunden an, um dann beide die Tankstelle fluchtartig zu verlassen. Telefon oder Handy hatten wir damals keines. Also stiegen Harry und ich diesmal auf der Fahrerseite ein, drängten unseren am Lenkrad sitzenden Fahrschüler nach rechts und fuhren wie von der Tarantel gestochen von der Tankstelle ab, raus auf den Mittleren Ring und nach dreißig Metern sofort in die Riesenfeldstraße. Dort, nach hundert Metern an der Ecke Kantstraße, befanden sich zwei Telefonzellen. Harry lief voraus und ich hinterher. Die Telefonzelle war besetzt, und wir zogen den Mann einfach aus der Zelle, legten den Hörer auf, um ihn anschließend wieder abzunehmen und die Polizei zu rufen. Harry stammelte etwas von Bombendrohung zu dem Mann in der Telefonzelle, und mir fiel kurz darauf, als Harry die Bombendrohung meldete, auf, dass die zweite Telefonzelle ja leer war und wir den armen Mann völlig umsonst schockierten und quasi an die Luft setzten. Wieder bei den Lkws, fuhren wir noch einmal selbst. Wir fuhren bis zum Frankfurter Ring, von dort in die Schleißheimer Straße, und dann wollten wir in die Tankstelle. Dort erwartete uns bereits die Polizei, und ein Zivilbeamter verwehrte uns die Einfahrt. Wir hielten auf dem Mittleren Ring, und ein Beamter kam zu meinem Fenster. Ich sagte ihm, dass wir das Ganze gemeldet hatten, und nach kurzer Aufnahme unserer Personalien fuhren wir ab.

Wir ließen unsere Fahrschüler wieder ran und machten unseren Dienst. Die Neugierde brachte uns dazu, einfach einmal komplett um den Mittleren Ring zu fahren, um am Schluss an der Esso-Tankstelle wieder anzukommen. Die Fahrt ging Richtung Olympiagelände, dann Richtung Donnersbergerbrücke, zum Luise-Kiesselbach-Platz, dann Richtung Brudermühl- und Candidtunnel, weiter auf dem Mittleren Ring an der Balanstraße vorbei, an der Rosenheimer Straße vorbei, um am Effnerplatz rauszukommen.

Am Effnerplatz verwehrte uns jedoch ein Streifenwagen mit eingeschaltetem Blaulicht quer über der Fahrbahn stehend die Weiterfahrt.

Sie erinnern sich, dass ich ziemlich am Anfang dieser Geschichte schrieb, dass mein Herz fast stehen blieb bei diesem Erlebnis.

Nun war es so weit, mein Herz blieb fast stehen, denn ich dachte an meine Familie, die etwa hundert Meter von der Tankstelle entfernt in der Hanselmannstraße schlief, in der wir damals wohnten. Wie würde es dort nur aussehen, das Trümmerfeld, nach der Explosion der Tankstelle, dachte ich. Warum auch sollte der Streifenwagen hier bereits die Straßen absperren, wenn nicht die Tankstelle in die Luft geflogen war? Was war mit meiner Familie? Alles Fragen, die noch etwa dreißig Minuten auf ihre Antwort warten mussten, denn so lange dauerte es, bis wir den direkten Weg zur Tankstelle weiträumig umfahren konnten. Über den Föhringer und den Frankfurter Ring sowie letztendlich die Schleißheimer Straße, die komischerweise frei befahrbar war, schafften wir es zur Tankstelle.

Dort angekommen, war alles gut. Nichts von einer Explosion zu sehen. Also schlief auch meine Familie noch tief und fest. Mir ging es nun auch wieder besser, nachdem ich die ganze Zeit vom Streifenwagen am Effnerplatz bis zur Tankstelle gedacht hatte, sie wäre tatsächlich in die Luft geflogen. Wir fuhren mit den Lkws in die Tankstelle, die inzwischen geschlossen war. Es brannte noch Licht, und die Kassiererin, die uns natürlich erkannte, öffnete Harry und mir. Sie erzählte uns, dass sie noch auf den Pächter der Tankstelle warte, der von etwas weiter außerhalb der Stadt kam, und dass die Polizisten alles abgesucht, aber keine Bombe gefunden hätten. Der Täter hatte am Telefon mit der Zündung der Bombe gedroht, wenn die Kassiererin nicht den Inhalt der Kasse hinter der Tankstelle über den Zaun zur Hanselmannstraße werfen würde. Diese Nachtschicht sei garantiert ihre letzte gewesen, meinte sie noch, jedenfalls in einer Tankstelle. Wir verabschiedeten uns und fuhren nach einem Fahrschülerwechsel weiter durch die Nacht, bis zum frühen Morgen. Die Kassiererin war noch lange an der Tankstelle angestellt, arbeitete aber nur noch tagsüber, und so kam es, dass wir sie noch öfter dort besuchten, was eigentlich immer mit ersichtlicher Freude ihrerseits verbunden war.

Erst am frühen Morgen zu Hause, als ich dieses unschöne Erlebnis meiner damaligen Frau erzählte, fiel mir etwas auf. Dachten Sie nicht auch schon daran, dass der Mann aus der Telefonzelle vielleicht der Täter war? Tja, und nur weil wir ihn aus der Zelle warfen, war er so geschockt, dass er sein Vorhaben nicht weiter durchzog.

Tja, Harry und Toto kennen Sie ja schon aus dem Fernsehen – und nun auch Harry und Ronny.

Ihr Ronny Z. aus M.

Der Leierkastenmann. 1987

Na ja, lieber Leser, ich muss zugeben, auch diese Geschichte ist wahr, nichts als wahr. Ich war bei der Fahrschule Rudolf Lang angestellt. Das erwähne ich später auch noch einmal in meiner Geschichte »Die Führerscheinprüfung«.

Es ist ja schon wirklich über dreißig Jahre her. Wahnsinn! Ich war also noch nicht lange Fahrlehrer und hauptberuflich bei der Bundeswehr als Fahrlehrer sowie bei der Fahrschule Lang tätig. Alle möglichen Berufe haben die Fahrschüler eines Fahrlehrers, zumindest die älteren, denn die meisten sind natürlich noch Schüler.

Eines Tages, wie so oft, stand ein neuer Name auf meinem Tagesnachweis. Diesen Tagesnachweis (Nachweis der einzelnen Fahrstunden) bekamen wir Fahrlehrer täglich bereits ausgefüllt von unserer Frau Lang. Im Laufe des Tages stand der Name »Frau Bernhard« (Name geändert) darauf. Ich nahm diesen Namen zur Kenntnis und dachte »Aha, eine neue Fahrschülerin beginnt mit ihren praktischen Fahrstunden«. Das war nun wirklich nichts Neues für mich.

An diesem Tag kam Frau Lang nach der Mittagspause auf mich zu und meinte, sie müsse mit mir reden. Sie fragte mich, ob ich bemerkt hätte, dass Frau Bernhard heute mit den Fahrstunden beginne. Ich antwortete: »Ja natürlich!«

Daraufhin wurde mir erklärt, dass Frau Bernhard einen ganz besonderen Beruf habe und dies auch bei der Anmeldung so angegeben habe.

Ich solle mich auf nichts mit ihr einlassen. Damit meinte Frau Lang, ich sollte nicht Dienstleistungen von ihr annehmen gegen eventuelle Fahrstunden. Nun ja, Frau Bernhard war zu diesem Zeitpunkt Prostituierte.

Anfänglich war alles normal wie bei allen anderen Fahrschülern. Auffällig war jedoch, dass Jasmin, so nannte sie sich jedenfalls beruflich, einmal umwerfend gut aussah und dann aber wieder so was von heruntergekommen zur Fahrstunde kam. Sie konnte wahnsinnig gut gekleidet erscheinen, mit einer auffälligen Parfümwolke um sich und einer wirklich sexy Ausstrahlung. Aber sie konnte auch direkt nach einer durchzechten Nacht zu mir ins Auto einsteigen. Dies bedeutete, dass sie fast ungeschminkt aussehend einstieg, dass sie vielleicht auch leicht alkoholisiert war und wahnsinnig nach Zigarettenrauch roch sowie nicht im Geringsten in der Lage war, meinen Anweisungen zu folgen. Das hatte wiederum zur Folge, dass wir beide uns fürs Kaffeetrinken um die Ecke entschieden. Mir konnten solche Ausfallstunden egal sein, denn sie wurden ja bezahlt.

Ich erinnere mich noch genau, wie mich Jasmin bei einem dieser Kaffeetermine fragte, ob ich ihren Beruf erraten möchte. Ich tat so, als wüsste ich nicht von ihrer Tätigkeit. Ich begann mit Kindergärtnerin, Verkäuferin, Briefträgerin und ähnlichen Berufen. Sie meinte, sie habe wie ich mit Menschen zu tun, auf engsten Raum. Daraufhin nannte ich Lehrerin, Ärztin, Therapeutin, Krankenschwester oder Masseurin. Aber auch diese Berufe und viele mehr, die ich aufzählte, waren falsch, wie wir wissen. Jasmin hatte kein Problem damit, mir die Wahrheit ins Gesicht zu sagen. Prostituierte, meinte sie, und sie könne mir so einiges aus ihrem Beruf erzählen, wenn ich ihr ebenso etwas von meinem Beruf erzählen würde.

Nun ja, das taten wir auch in den nächsten Fahrstunden. Dabei erfuhr ich schon das eine oder andere aus ihrem Beruf sowie über den einen oder anderen Freier. Witzige Geschichten waren das so manches Mal.

Eines Tages begann Jasmin damit, mich unaufhörlich dazu zu drängen, sie an ihrem Arbeitsplatz zu besuchen, beziehungsweise wollte sie mir diesen zeigen. Auf Deutsch, sie wollte mir ihre Arbeitskolleginnen der Tagschicht sowie ihr Etablissement zeigen. Damit nervte sie mich nun von Fahrstunde zu Fahrstunde. Ich hatte wirklich jedes Mal eine Ausrede oder Fahrstunden danach oder wirklich etwas vor.

Eines Tages machte ich einen großen Fehler. Jasmin fragte mich wieder einmal, und ich antwortete, dass ich frei hätte (oder eine wirklich größere Pause vor mir). Oh Gott, jetzt war es passiert. Sofort war es Jasmin klar, ich müsse mit zu ihrem Rotlichtarbeitsplatz.

Was soll ich sagen, aber ich wusste in diesem Moment keine Ausrede mehr.

Also endete unsere Fahrstunde an ihrem Arbeitsplatz. Es muss wohl 14 Uhr 30 gewesen sein zum Ende der Fahrstunde, danach war eben meine längere Pause an diesem Tag. Kurz vor der Einfahrt auf den Parkplatz ließ ich Jasmin am Fahrbahnrand anhalten. Hier entfernte ich meine Magnetschilder mit der Aufschrift »Fahrschule« und die Werbeschilder an den Seiten. Ich dachte mir noch, Gott sei Dank hat das Auto keine Permanentwerbung, wie es viele heute haben.

So konnte ich also inkognito in den Parkplatz einfahren. Jasmin ließ ich den Golf hinter dem Gebäude parken. Stolz war ich auf meinen nagelneuen Golf 2, nachdem dieser den

Golf 1 damals abgelöst hatte. So, nun rein ins Gebäude, und dort wurde ich allen Damen der Tagschicht vorgestellt. Ich weiß nicht, ob die Damen bemerkten, dass ich unter den Achseln schwitzte wie zwei Elefanten zusammen, aber meinen hellroten Kopf, den bemerkten sie garantiert. Es war mir unheimlich peinlich, und ich wollte eigentlich nur raus. Aber dies sollte noch etwas auf sich warten lassen. An der Bar kurz nach dem Eingang saßen zwei oder drei Geschäftsleute in Anzügen mit Krawatte und amüsierten sich auffallend laut mit einer der Damen. Der Hausmeister kam auch irgendwann vorbei. Auch den musste ich begrüßen, und er musterte mich genauso wie die Damen der Schöpfung. Den Whirlpool und auch die verschiedenen »Spielwiesen« musste ich begutachten. Danach gab es eine Tasse Kaffee an der Bar, und irgendwann durfte ich mich verabschieden und Jasmins Arbeitsplatz verlassen. Schnell eilte ich zu meinem Golf und verließ ohne Schilder am Fahrzeug den Parkplatz.

Verdammt, ich traute meinen Augen nicht: Als ich gerade hinausfuhr auf die Straße, sah ich im Rückspiegel den Golf eines Kollegen meiner Fahrschule. Es war Harry, den Sie aus der Geschichte »Bahnübergang« schon kennen. Tja, und dieser nette Kollege (mein bester Freund damals) sorgte nun für meinen neuen Spitznamen: DER LEIERKASTENMANN!

Die Münchner unter Ihnen kennen ihn sicherlich, den Leierkasten. Lange war der Leierkasten einer der bekanntesten und größten Rotlicht-Arbeitgeber. Er steht noch heute an der Ingolstädter Straße in München, und an der Hauswand prangt folgender Spruch: »Du kommst als Fremder und gehst als Freund«.

Na ja, ich ging wohl eher als Fremder, und mein Freund fuhr hinter mir. Oh, wie war ich froh, als ich das Gebäude verlassen durfte. Aber meinen Spitznamen Leierkastenmann hatte ich für ein paar Jahre weg. Bis ich auf die Idee kam, mir selbst einen neuen zu geben. Ich fragte meine Freunde immer wieder, ob sie wohl die drei wichtigsten Erdbewohner kannten, und die Antwort war immer die gleiche, nämlich: Batman, Superman und natürlich ZANDERMAN: Ich fand Zanderman verdammt cool. Und heute nennen mich manche Freunde immer noch Zanderman.

Mit Jasmin nahm es übrigens noch ein trauriges Ende. Eines Tages erzählte sie mir bei den Fahrstunden, dass sie aus dem Rotlichtmilieu aussteigen wolle. Wir wissen alle, das ist nicht so einfach.

Jedenfalls, an einem Winterabend hielt ich den Theorieunterricht in unserer Zweigstelle in der Knorrstraße ab. Der Unterricht war zu Ende, und alle Fahrschüler hatten die Fahrschule verlassen, als ein ziemlich muskulöser Mann mit langen blonden Haaren den Raum betrat. Er fragte nach Jasmin. Ich beteuerte ihm, dass ich Jasmin schon einige Fahrstundentermine lang nicht mehr gesehen hätte, obwohl die Termine ausgemacht und bereits bezahlt waren. Mein blonder Mann begnügte sich damit und ging wieder. Ich wischte noch die Tafel – damals malte man tatsächlich noch Erklärungen mit Kreide an die Tafel ... Es schneite inzwischen, und nicht nur die Autos wurden mit Schnee bedeckt, sondern auch die Fahrbahn war bereits weiß vom Schnee. Ich trat nach draußen, sperrte die Fahrschule ab und ging zu meinem Auto, um nach Hause zu fahren. Da fiel mir ein

Porsche gegenüber am Fahrbahnrand auf. Tja, und in diesem Porsche saß mein blonder muskulöser Mann. Dieser wartete offensichtlich auf mich, um sicher zu sein, dass Jasmin nicht mit mir zusammen aus der Fahrschule kommt. Ich hätte sie ja zum Beispiel in der Toilette verstecken können, wenn wir bemerkt hätten, dass er die Fahrschule betreten wollte. Dem war natürlich nicht so, und Jasmin sah ich auch nie mehr wieder. Ich hoffe, sie hat es geschafft, sich komplett von ihren Rotlichtarbeitgebern zu trennen.

Ich denke noch heute an Jasmin und die Zeit von damals, wenn ich wieder einmal am Leierkasten vorbeifahre auf der Ingolstädter Straße. Denken Sie ruhig auch mal an Frauen, die nicht so wirklich anerkannte Berufe ausüben wie zum Beispiel Prostitution. Denn ich glaube, solche Berufe verhindern auch die eine oder andere Sexualstraftat.

Ihr »Leierkastenmann« Ronny Z. aus M.

Mein Freund Heinz. 1988

Hallo, Sie sind also auch wieder da und wollen die nächste Geschichte lesen. Schön – das freut mich, wenn ich ehrlich bin, noch immer. Machen Sie es sich bequem. Heute geht es um Heinz – Heinz Block.

Heinz war mein ehemaliger Chef bei der Bundeswehr. Sie ahnen es, ja, er war Fahrschulleiter, so wie ich heute. Damals war ich einer seiner Fahrlehrer bei der Bundeswehr, einer unter vielen.

1986 war ich eigentlich das ganze Jahr über damit beschäftigt, Fahrlehrer zu werden. Also war ich auf Lehrgang von Januar bis Januar. Genauer gesagt, bis zum 30. Januar 1987. An diesem Tag bekam ich ihn also, den Fahrlehrerschein. Dies bedeutete gleichzeitig den Einzug ins »Dschungelcamp«. Ach, quatsch, was schreib ich denn. Natürlich bedeutete dies den Einzug in die Fahrschulgruppe München 1 und somit Dienst als Fahrlehrer bei Heinz Block.

Heinz war damals Oberleutnant, später Hauptmann und viel, viel später ein guter Freund von mir, den ich nicht missen möchte. Heinz ist einer von jenen Menschen, die es allen recht machen wollen und die mit keinem böse sein können. Diese seine Art war natürlich nicht die optimale Voraussetzung für eine Führungsposition. Morgens zum Beispiel fragte Heinz die quasi ausrückenden Fahrlehrer, ob jemand einen Brief mitnehmen und einwerfen könne, anstatt dies einfach zu befehlen. Ich gehörte immer zu denen, die Mitleid mit ihm hatten, und meldete mich freiwillig, seinen Brief mitzunehmen oder andere Besorgungen zu machen.

Dafür bekam ich von den anderen nicht gerade Lob, aber das störte mich nicht weiter.

Dadurch kam es wohl auch, dass Heinz meine Fähigkeiten als Elektriker öfters in Anspruch zu nehmen wusste. Diese Arbeiten, die ich für Heinz erledigte, waren zum Beispiel folgende:

1. Kennen Sie noch diese rote oder orangefarbene Kassette, die man in den Kfz-Kassettenrecorder steckte und dann mit einem kleinen Schlüssel absperrte? Danach war es nicht mehr möglich, den Kassettenrecorder zu gebrauchen, und eine kleine Blinkleuchte tat dies auch kund. Feine Sache, dachte sich Heinz und kaufte sich so eine Anti-Diebstahl-Kassette. Nur typisch für Heinz: Er verlor beide Schlüssel. Also musste Ronny ran.

2. Heinz hatte ein tolles Wohnmobil, einen Hanomag Henschel. Ganz süß ausgebaut mit allem Komfort. Na ja, bis auf Platz, den hatte das Wohnmobil nicht. Auch eine Solaranlage auf dem Dach fehlte. Für die damalige Zeit wäre so etwas auch ein Wahnsinnsluxus gewesen. Tolle Sache, dachte sich Heinz also und baute ein Solarpaneel aufs Dach. Das sah gut aus, allerdings war es bei der ersten Fahrt noch nicht befestigt. Kein großes Problem, das Paneel hielt auch so immerhin die fünf Kilometer von der Kaserne bis zur Münchner Freiheit auf der Leopoldstraße in München. Dort allerdings fuhr Heinz wohl zu schnell, und Wind kam unter das Paneel. Also flog es nach hinten und landete anschließend in tausenden Trümmerteilen auf der Straße. Auch hier musste Ronny ran, nur diesmal absolut ohne Arbeitseinsatz, denn wie sollte ich ein Solarpaneel reparieren, das aus geschätzt zehntausend Einzelteilen bestand.

3. Natürlich fuhr Heinz auch manchmal mit dem Wohnmobil, wenn er gerade nicht daran herumbastelte, manchmal auch durch Unterführungen oder einen Tunnel. Also musste eine elektrische Antenne für das Wohnmobil her. Fuhr man auf einen Tunnel zu, schaltete man das Radio aus und die Antenne fuhr ein. Nur rechnete die Antenne nicht mit Heinz, denn der vergaß das Radio auszuschalten, als er durch einen Tunnel wollte. Natürlich gleich noch am selben Tag, nachdem er sie eingebaut hatte. Sie ahnen es schon, auch hier konnte Ronny nichts mehr machen. Trümmer, nichts als Trümmer.

4. Irgendwann wurde es Winter, und Heinz dachte an eine Zusatzheizung, also wurde eine solche eingebaut. Elektrisch versteht sich, damit auch Ronny etwas zu tun hatte. Eine solche Zusatzheizung besorgte sich Heinz und baute sie wieder einmal tagelang ein. Schon beim Einbau musste ich hilfreiche Tipps geben. Endlich, nach Tagen lief das Ding. Die Heizung heizte super, und sie heizte. Und wenn sie nicht heizte, dann heizte sie auch. Auf Deutsch, sie heizte immer. Also sollte Ronny sie zum Stillstand bringen. Es war bitterkalt draußen, als Heinz und ich zum Wohnmobil gingen. Sie kennen diese geteilten Türen bei Wohnwägen und Wohnmobilen. Heinz öffnete die obere Hälfte. Eine grauweiße Wolke aus Hitze kam uns entgegen, und man musste sich fast ducken, um nicht Verbrennungen im Gesicht zu erleiden. Nun öffnete Heinz die untere Hälfte, und wir beide schreckten auf, denn Joschi sprang uns entgegen. Joschi war der Hund von Heinz, eine Boxerhündin. Der Sprung war wirklich das Letzte, was Joschi kräftemäßig noch schaffte. Sie blieb wie ein nasser Sack mit dem Bauch voraus

auf dem tiefen Schnee vor dem Wohnmobil liegen. Dort hechelte sie mindestens zwanzig Minuten vor sich hin und war zu keiner Bewegung imstande. Heinz hatte sie im Hanomag vergessen.

Nun aber endlich zur eigentlichen Geschichte. Ich muss zugeben, es gab noch dutzende Geschehnisse dieser Art, aber dieses hier blieb am meisten in meinem Kopf verankert. Es war an einem Samstag, als mich Heinz zu Hause anrief. Heinz war umgezogen, und zwar in eine kleine Wohnung in der Nähe unserer Kaserne. Na ja, und dort sollte ich auch hinkommen. Es ging wieder mal um ein Teil aus dem Wohnmobil. Ein Kühlschrank, dieser sollte von 12 Volt und Gasbetrieb auf 220-Volt-Betrieb umgelötet werden, um ihn als Kühlschrank in seiner neuen kleinen Wohnung zu betreiben. Was soll ich sagen, aber ich fuhr an diesem Wochenende dorthin, obwohl ich eigentlich Besseres zu tun gehabt hätte. Heinz erwartete mich schon in seinem neuen Apartment, und so ging es los. Ich machte mich an die Arbeit, und unter schwersten und engsten Bedingungen lötete ich drauflos, in dieser absolut winzigen Küche, mit verbogenen Extremitäten, um an dieser unzugänglichen Stelle zu löten.

Tja, und nun wollte Heinz unbedingt den letzten Draht selbst anlöten. Natürlich musste ich schon andauernd unter Strom arbeiten, weil Heinz irgendwelche verderblichen Lebensmittel im Kühlschrank hatte und dieser unbedingt gleich kühlen sollte. Sie ahnen es schon, stimmt's? Nein, Sie ahnen es nicht. Was jetzt geschah, können Sie nicht erahnen. Heinz übernahm den Lötkolben und ging nach meiner Anweisung an die Arbeit. Und dann geschah es. Heinz rutschte ab oder war unvorsichtig oder was auch immer. Es kam zum Kurzschluss, und Heinz erschrak so sehr, dass er aufsprang oder es zumindest versuchte. Ich schrieb ja schon, dass es eng war, und es gab auch schräge Wände in dieser Dachgeschosswohnung. Heinz stieß mit dem Kopf voll gegen die Decke und hielt sich nun schreiend denselben, nur wesentlich energischer als jeder andere Mensch auf Gottes weiter schöner Erde es getan hätte.

Ich versuchte Heinz zu beruhigen und hielt ihn dazu in meinem Arm. In diesem Augenblick trat der Hausmeister zur Türe herein, der wohl nach dem neuen Mieter sehen wollte. Feiner Zug von ihm. Er versuchte mich von Heinz, der noch immer schrie wegen seiner Kopfverletzung, loszureißen und festzuhalten, was ihm natürlich schnell gelang, da ich ja nicht wirklich Heinz bedrohte. Anschließend versuchte er mich in den Schwitzkasten zu nehmen, was wirklich wehtat, und er wollte mir wohl auch noch Schmerzen zufügen durch Schläge in die Magengegend. Heinz versuchte leider erst nach einigen Sekunden den Hausmeister davon abzuhalten, was ihm wiederum auch nicht gleich gelang.

Ich kann heute, nach natürlich bereits abgeheilten blauen Flecken, Schürfwunden und Kratzern, nur dazu sagen: Gott sei Dank gelang es Heinz irgendwann, den Hausmeister davon zu überzeugen, dass ich friedlich gesinnt war. Eine Entschuldigung des Hausmeisters, weil er die Lage falsch eingeschätzt hatte, war mir zu diesem Zeitpunkt glücklicherweise auch nicht mehr so wichtig.

Der Kühlschrank landete übrigens wenig später auf dem Müll und wurde nie mehr repariert.

Ihr Ronny Z. aus M.

Die Führerscheinprüfung. 1989

Auch schon ein paar Jahre her, diese Geschichte, aber noch voll in meiner Erinnerung. So eine Führerscheinprüfung ist natürlich nicht gerade schön, aber sie muss nun mal sein, so auch bei Shila. Shila war eine Fahrschülerin von mir, wie sollte es anders sein. Sie hatten damit gerechnet. Sie kam aus Afghanistan, soweit ich mich erinnere.

1989 war ich Fahrlehrer in einer Fahrschule in München/Schwabing – der Fahrschule Rudolf Lang in der Belgradstraße. Die Münchner unter Ihnen kennen die Straße. Heute steht dort, wo früher die Fahrschule war, ein Hochhaus. Herr Lang und seine Frau, die damals das Büro führte, sind schon lange in Rente. Ich besuchte sie vor einiger Zeit in ihrem Haus in Neubiberg bei München. Ich hatte das Gefühl, sie freuten sich über meinen Besuch, wobei Frau Lang mich nicht mehr erkannte.

Harry und ich waren angestellte Fahrlehrer damals, 1989. Es gab noch zwei weitere Fahrlehrer, aber wie so oft musste vieles reduziert werden, so auch die Zahl unserer Kollegen.

Ich musste manchmal meinen normalen Golf gegen einen Golf für Behindertenausbildung tauschen. Ich hatte mit allen möglichen Arten von Behinderungen zu tun: Querschnittsgelähmte Fahrschüler, Fahrschüler, die im Schwimmbad ausgerutscht und dadurch zu einem Behinderten geworden waren, Menschen, die vor einer Diskothek zusammengeschlagen wurden, bis sie behindert waren, oder Shila mit einer relativ kleinen Behinderung, ein fast unbeweglicher Arm und ein verkürztes Bein. Für meinen

»Behinderten-Golf« war fast nichts unmöglich. Man konnte auch mit dem linken Fuß Gas geben oder mit der Hand, wie bei einem Motorrad, oder auch bremsen ohne Füße, also mit den Händen, war ebenfalls möglich. Die Fahrschüler gaben sich, glaube ich, noch mehr Mühe als Fahrschüler ohne Behinderung.

So auch Shila mit ihrer relativ geringen Behinderung. Sie hinkte mit ihrem verkürzten Bein, wenn sie zur Fahrstunde kam, und ich glaube, es war ihr peinlich, zumindest mir gegenüber. Warum? Ich hatte das Gefühl, sie hatte ein Auge auf mich geworfen. Na, Sie wissen schon.

Shila und ich hatten einige Fahrstunden zusammen verbracht. Man kann sich auch vorstellen, dass Fahrschüler mit Behinderung etwas mehr Fahrstunden brauchen als Fahrschüler ohne Behinderung. Wir hatten also viel Zeit miteinander verbracht.

Wie bei allen Fahrschülern rückte auch bei Shila der Zeitpunkt der Prüfung heran. Eines Tages war es so weit. *Prüfung!*

Am Schicksalstag ging es von der Belgradstaße vor der Fahrschule los. Wir fuhren mit dem Prüfer im Nacken Richtung Elisabethplatz. Kurz davor sollte Shila links abbiegen. Shila fuhr jedoch geradeaus. Der Fahrlehrer und auch der Mann vom TÜV nennen so etwas: Der Fahrschüler verweigert die Richtung. Das ist nicht so schlimm, also lief die Prüfung natürlich weiter. An der nächsten Kreuzung war das Verkehrszeichen »vorgeschriebene Fahrtrichtung geradeaus und rechts« angebracht. Aber Shila wollte nun unbedingt an dieser Kreuzung, obwohl eine Kreuzung früher vom Prüfer angeordnet, nach links abbiegen. Ich griff in das Lenkrad, um dies zu verhindern. Die Prüfung war also nun nicht bestanden.

Danach fuhren wir geradeaus und eine Kreuzung später nach links, um zur Fahrschule zurückzukehren. Shila brach nun über dem Lenkrad zusammen und heulte laut und unaufhörlich. Nachdem wir links abgebogen waren, lenkte ich den Golf an den rechten Fahrbahnrand.

Nun sollte das eigentliche Grauen dieser Geschichte erst beginnen. Wir hielten an. Shila wollte ihre Sachen aus dem Kofferraum haben, um uns zu verlassen und zu Fuß weiterzugehen. Der Prüfer meinte daraufhin: »Herr Zander, wir können Ihrer Fahrschülerin unmöglich ihre Sachen aus dem Kofferraum geben, denn sie läuft uns noch in den nächsten Linienbus vor Aufregung.« Ich empfand die Entscheidung als richtig und stimmte zu.

Ich bat Shila auszusteigen und auf dem Beifahrersitz Platz zu nehmen.

Shila stieg auch aus, aber ging nun zwischen die dort neben uns parkenden Autos. Dort warf sie sich zu Boden und wälzte sich umher. Sie schrie laut und heulte und heulte. Der Prüfer und ich stiegen ebenfalls aus und versuchten sie zu beruhigen. Daraufhin robbte Shila zu einem anderen Auto und schlug mit dem Kopf gegen dessen Türe, während sie in Liegestützstellung daneben kauerte. Immer wieder schlug ihr Kopf gegen das Fahrzeug. Sie heulte dabei immer wieder laut auf und stammelte Unverständliches vor sich hin.

Es dauerte einige Minuten, bis mir schließlich das Auto leidtat und ich Shilas Kopf festhielt. Passanten kamen hinzu und fragten mich sowie den Prüfer, was denn los sei. Mein Prüfer antwortete mit der Wahrheit. Shila sei bei der Führerscheinprüfung durchgefallen und reagiere nun etwas über. Die Leute schauten den Prüfer mit bösen Augen von oben bis unten an, als wäre dieser schuld.

Ich weiß nicht, wie lange wir in dieser Situation verweilten. Ich weiß nicht, wie viele Leute uns ansprachen und uns böse anschauten. Ich weiß nicht, wie viele Leute dachten, wir würden irgendetwas Schlimmes mit Shila tun. Sie heulte nicht nur, sondern schrie auch sehr laut auf und stammelte dabei irgendwelche Worte. Es hörte sich fast an, als würde man sie mit einem Messer abstechen wollen. Es war grausam mit anzuhören. Nach einigen Minuten entschied ich mich, zur Fahrschule zu fahren. Dort war Frau Lang, und ich hoffte, dass sie vielleicht Shila beruhigen konnte, so von Frau zu Frau. Unser Prüfer musste inzwischen auf Shila aufpassen.

Es dauerte eine Weile, und ich kam mit Frau Lang im Schlepptau zurück. Vor lauter Aufregung fand ich Shila und den Prüfer nicht sofort, denn sie waren nicht gleich zu entdecken zwischen den Autos. Frau Lang schaffte es tatsächlich, Shila zu beruhigen. Inzwischen waren bestimmt zwanzig oder fünfundzwanzig Minuten vergangen, in denen Shila total hysterisch reagierte. Wahnsinn!

Wir konnten nun endlich zurück zur Fahrschule und mit dem nächsten Fahrschüler fortfahren. Huch, war das angenehm. Der Prüfer und ich überlegten Tage später noch, Shila zur MPU zu schicken, also zur Medizinisch-Psychologischen Untersuchung. Wir fanden es aber beide besser, davon abzusehen. Am Abend der Führerscheinprüfung erfuhr ich auch noch, dass mein Fahrlehrerkollege Harry Shila nach Hause gefahren hatte. Dort öffnete ihre Schwester die

Türe und meinte nur, dass Shila oft so aggressiv und hysterisch reagierte.

Tage später kam Shila zur Fahrschule und musste mit mir zwei Mal neunzig Minuten fahren bis zur nächsten Prüfung.

Ich hatte so etwas noch nicht erlebt, aber Shila brachte es nun fertig, in all der Zeit nicht ein einziges Wort mit mir zu sprechen, als Strafe, als wäre ich an ihrem Prüfungsergebnis schuld.

Die zweite Prüfung stand an, und Shila bestand Gott sei Dank.

Monate später traf ich Shila in einem Supermarkt. Und was tat sie?

Richtig, sie entdeckte mich und verschwand ganz, ganz schnell zwischen den Regalen. Ich grinste vor mich hin und dachte mir meinen Teil.

Heute hoffe ich, Shila hat noch ihren Führerschein, denn es ist ja ein Stück Freiheit, das wir auch Shila von ganzem Herzen gönnen.

Ihr Ronny Z. aus M.

Ein Mann sieht Rot. 1989

Geben Sie es ruhig zu, Sie dachten, ich würde Sie auch vor Beginn dieser Geschichte schon wieder persönlich ansprechen. Nein diesmal nicht, schließlich haben Sie ja auch ein Recht auf Privatsphäre und sitzen vielleicht gerade im Schlafanzug auf der Couch, freuen sich auf eine meiner wahren Geschichten und naschen dabei Chips, oder haben Sie sich etwa ein Glas Wein eingeschenkt? Warum nicht? Spricht doch nichts dagegen, also viel Spaß bei: »Ein Mann sieht Rot«.

Es war an einem Freitagabend, und es war schon spät geworden, später als geplant. Es sollte um 19 Uhr losgehen, da es um diese Uhrzeit schon dunkel war. Wieder einmal war ich als Fahrlehrer unterwegs bei der Nachtfahrt mit der Klasse CE, also Lkw mit Anhänger. Diesmal als Zivilist in einer normalen Fahrschule. So etwas machte fast jeder Bundeswehr-Fahrlehrer nebenbei. Hier konnte man wirklich ein bisschen Geld nebenbei verdienen oder auch ein bisschen mehr.

Ich traf mich also verspätet um Viertel nach sieben am Abend mit meinem Fahrschüler. Dummerweise war auch der Anhänger noch abgekuppelt. Also hieß es, erst einmal den Zug zu verbinden. Da es November war, war es typischerweise auch ziemlich kalt. Das machte die Sache nicht unbedingt angenehmer. Auch dies führte nochmals zur Verspätung der Abfahrt. Tja, und da ein Lkw einen Fahrtenschreiber oder ein EG-Kontrollgerät besitzt, bedeutete dies, dass mein Feierabend später beginnen würde, denn Nachtfahrt bedeutete auch, eine gewisse Mindestzeit zu fahren. Pünktlich zur Abfahrt begann es dann auch noch zu regnen. Im Führerhaus stand der Heizungsregler kurz nach der Abfahrt auf voller Leistung, und auch die beiden Sitzheizungen hielten, was sie versprachen, nämlich wohlige Wärme. Nun gut, zu Hause vor dem Fernseher wäre es angenehmer gewesen, aber Nachtfahrten gehörten nun mal zu diesem Job. Unser F90 war das damalige Topmodell von MAN. Mit 22 Tonnen zulässigem Gesamtgewicht und einem Anhänger von 16 Tonnen zulässigem Gesamtgewicht brachten wir es auf maximal 38 Tonnen. Heute haben diese Züge maximal 40 Tonnen. Gott sei Dank fuhren wir leer, also weit von diesem Gewicht entfernt. Mit 460 PS waren wir guter Dinge. Das heißt ein Leergewicht des gesamten Zuges von 12 Tonnen beschleunigt einfach nur super. Dies erlaubte uns beim Beschleunigen einige Gänge zu überspringen und ließ so manchen Kleinwagen neben uns alt aussehen.

Inzwischen regnete es aus Eimern. Unaufhörlich und extrem stark. Die Scheibenwischer liefen auf höchster Stufe und schafften es trotzdem nicht. Das bedeutete, dass ich etwas angespannter als bei trockener Fahrbahn war und jedes Tun des Fahrschülers kontrollierte.

Die Landstraße hatten wir hinter uns, und nun fuhren wir durch München. Da es wirklich furchtbar regnete, entschied ich mich für ein längeres Stück auf dem Mittleren Ring. Vorteil: Breite Fahrstreifen, so dass mein Fahrschüler ein Problem weniger hatte. Dafür etwas höhere Durchschnittsgeschwindigkeit. Auf dem an manchen Stellen schon älteren Teer waren auch Spurrillen. Diese ließen das Wasser im Fahrstreifen stehen und führten bei nur 60 Kilometer pro Stunde schon zu spürbarem Aquaplaning. Das heißt hin und wieder schwammen wir etwas auf.

In Höhe Olympiagelände liefen wir auf einen relativ alten Lkw auf, der einen ewig alten Anhänger vom THW hinter sich herzog. Dieser Anhänger mit Plane, die mit Seilen verzurrt war, schlingerte schon etwas dem uralten ziehenden Lkw hinterher. Mein Fahrschüler machte keine Anstalten zu überholen, also ließ ich ihn hinterherzuckeln. 45 Kilometer pro Stunde, mehr fuhren wir nicht. Die Dachauer Straße hatten wir schon mittels Brücke überquert und näherten uns nun der Donnersbergerbrücke. Auch hier alles wie gewohnt. Beim Blick nach links kam der Hauptbahnhof, beim Blick nach rechts kamen die Schienen stadtauswärts zum Vorschein.

Nun ging es gleich nach der Donnersbergerbrücke etwas bergab zur nächsten Unterführung, und auf dieser abschüssigen Fahrbahn wurde der Zug vor uns um einiges schneller. Ich blickte gerade noch aus dem rechten Fenster raus, dann gleich wieder nach vorne. Und dann sah ich Rot, nichts als Rot. Der Lkw vor uns mit dem alten Anhänger am Heck bremste offensichtlich. Die roten Bremsleuchten des Anhängers verursachten in dem Spritzwasser eine riesige rot leuchtende Wolke hinter dem Anhänger.

Wie viel Zeit nun verging, bis ich meinen Fuß auf dem Bremspedal hatte, weiß ich nicht. In der Fahrschule lernt man mit 1 Sekunde Reaktionszeit im Durchschnitt zu rechnen. Ich denke, 0,8 Sekunden ist natürlich besser und 0,6 Sekunden sind wünschenswert. Wenn ich in diesem Augenblick eine Reaktionszeit von 0,4 Sekunden hatte, so war dies denk ich viel. Jedenfalls kam nun mein Kupplungsfuß noch dazu, wohl Millisekunden später. Ohne den Tritt auf die Kupplung stirbt ja der Motor bei einer Vollbremsung bekanntlich ab. Nun bremste und bremste unser Zug. Scheinbar unaufhörlich bremsten wir und rutschten auf den vor uns bremsenden Anhänger zu. Der Anhalteweg war jedenfalls um Ewigkeiten länger als bei trockener Fahrbahn.

Nach einigen Sekunden bemerkte ich, dass ein Aufprall nicht mehr zu vermeiden war, und das war ein wahnsinnig tolles Gefühl. Okay, das war ironisch gemeint. Es war schrecklich! Tja, und nun folgte der Aufprall, den ich irgendwie infolge der Anspannung nicht mitbekam. Jedenfalls kamen wir tatsächlich zum Stillstand.

Nachdem ich die Warnblinkanlage gedrückt und meinem Fahrschüler zugerufen hatte: »Handbremse!«, sprang ich nach draußen. Es schüttete noch immer vom Himmel. Ich lief erst mal nach hinten, um die ersten Fahrzeuge durch Winken zur langsamen Fahrt zu zwingen. Dann wieder nach vorne, um den Schaden festzustellen. Als ich nach vorne kam, war der Zug vor uns jedoch bereits weggefahren. Ich war völlig durchnässt, etwas verwirrt, und mein Fahrschüler saß noch immer am Lenkrad. Ich stieg schnell ein, bevor uns in der Dunkelheit im strömenden Regen und auf einer Straße mit relativ schnellem Verkehr noch jemand auffuhr. Ich befahl etwas schneller abzufahren und an der nächsten Tankstelle anzuhalten, um die »Schnauze« meines Lkws endlich anzuschauen. An einer Aral hielten wir an, und ich konnte den Moment, den Lkw von vorne anzuschauen, nicht abwarten.

Ich traute meinen Augen kaum, als ich mir nun die Front ansah. Sie war völlig in Ordnung, von fünf oder sechs absolut kleinen Minidellen mal abgesehen. Diese Dellen in einer Tiefe von vielleicht einem Viertelmillimeter rührten von den Verzurrösen des vor uns bremsenden Anhängers her. Sie waren so klein, dass man die Dellen wirklich suchen musste, um sie zu finden. Ich dachte mir nur: »Wahnsinn, eine so lange Bremsung auf regennasser Fahrbahn mit anschließender millimetergenauer Landung.« Fazit: Ein Schrecken mit gutem Ende.

So, und nun möchten Sie noch wissen, warum der Lkw vor uns denn so stark abgebremst hatte. Ich verrate es Ihnen. Erinnern Sie sich? Wir waren in die Aral-Tankstelle gefahren, um nachzusehen. Dort stand auch der Lkw, der vor uns gefahren war. Und den Fahrer, den schnappte ich mir natürlich und fragte ihn nach dem Grund der Bremsung. Der gute Mann meinte, er stehe selber noch unter Schock. Eine wirklich alte Dame ging wohl im strömenden Regen quer über die Fahrbahn, natürlich mit Handtasche, an einer Stelle, an der der Mittlere Ring (die schnellste und größte Straße Münchens) niemals von Fußgängern überquert werden sollte.

Zum Abschluss denken Sie bitte daran: Alte Leute lässt man nun einmal einfach über die Fahrbahn, egal wo sie sich befinden.

Ihr Ronny Z. aus M.

Der Boxer. 1990

Diesmal frage ich nicht, ob Sie sich erinnern. Sie tun es doch, oder? Na ja, ich gehe mal davon aus. Joschi, der Boxer von Heinz? Ah, jetzt macht es Peng. Sie erinnern sich – natürlich, dieser arme Boxer-Hund, der im Wohnmobil eingesperrt war, mit der Heizung, die heizte und heizte und heizte. Ich nehme vorweg, dass es schon wieder Joschi ist, den es ganz böse erwischt. So böse, wie keiner von Ihnen es vermutet.

Damals war ich noch bei der Bundeswehr und Heinz mit seinem Joschi natürlich auch.

Es war Freitagnachmittag, also stand technischer Dienst auf dem Plan, wie jeden Freitagnachmittag. Jeder Fahrlehrer war mit seinen Fahrschülern, sechs an der Zahl, im technischen Bereich, um Wartungsarbeiten an den Fahrschul-Lkws durchzuführen. Einige Männer unter Ihnen kennen vielleicht noch diese Zeremonie. Vor allem galt es, die verschiedensten beweglichen Teile zu schmieren. Dafür gab es so genannte Schmiernippel. Diese sind dazu da, beweglichen Teilen Schmierfett zuzuführen. Das heißt, man bringt an diesen Schmiernippel eine Fettpresse an, um dann Fett zur Schmierung einzupressen und altes Fett dabei auszustoßen.

Ich gebe zu, das war nicht alles. Man nannte das Ganze auch: Unterweisung am Fahrzeug. Das heißt, dem Fahrschüler musste auch so einiges an Grundwissen zu Motor und Fahrzeug beigebracht werden: Entlüften der Kraftstoffanlage, alles über die Elektrik, Reifenwechsel, Ölwechsel, Schmierarbeiten und vieles, vieles mehr.

An diesem Tag war herrliches Wetter, und so verrichteten wir unseren Dienst vor der Halle. Der Oberleutnant, später Hauptmann Block war auch im technischen Bereich dienstlich unterwegs. Technischer Bereich, so nannte man die Hallen, die für Technik, vor allem Fahrzeugtechnik zuständig waren. Heinz hatte Joschi, die Boxerhündin mit dabei, was eigentlich fast immer so war. Ob nun Joschi mich besonders gernhatte oder ob es Zufall war, kann ich nicht sagen. Joschi kam jedenfalls immer wieder zu meiner Gruppe und störte eigentlich. Schließlich sollte ich ja meiner Fahrschulgruppe auch etwas beibringen und erklären. Ich scheuchte also Joschi immer wieder weg. Einen echten Boxer interessiert dies natürlich wenig.

Wir hatten außer Werkzeug auch Farbspraydosen (gelb und rot), Fettpresse, Öle, Putzlumpen und allerlei Kleinkram um den Lkw herum abgestellt. Joschi aber interessierte sich vor allem für die Spraydosen. Diese versuchte er immer wieder mit dem Maul umzuwerfen, um sie dann auf dem Boden herumrollen zu lassen.

Sie kennen diese Farbspraydosen, die innen kleine Kügelchen haben, womit die Farbe etwas geschüttelt werden kann? Dazu später mehr.

Wir waren voll im Gange, das heißt die Unterweisung lief in vollen Zügen. Alle sechs Fahrschüler hatten etwas zu tun. Jeder hatte seine Aufgabe. Joschi kam immer wieder zu meiner Gruppe, vielleicht weil ich ihm das Leben gerettet hatte, als er der Heizung damals ausgesetzt war. Immer und immer wieder versuchte er an unsere Spraydosen heranzukommen, nachdem er eine umgeschmissen hatte. Der Klang der Kugeln schien Joschi wahnsinnig zu faszinieren.

Ich machte meinen Chef und späteren Freund Heinz Block darauf aufmerksam. Immer wieder ging ich zu ihm. Er befand sich bei einer anderen Fahrschulgruppe in der riesigen Halle. Ich warnte meinen Chef davor, dass Joschi irgendwann mit Sicherheit in eine der Farbspraydosen beißen würde. Schon wenige Minuten später sollte es so weit sein. Joschi kam angerannt und erwischte eine Spraydose. Mit der Spraydose verließ er relativ zügig die Halle, und ich rannte ihm hinterher. Als er mich bemerkte, wurde er schneller und wollte mich abhängen. *Joschi, Joschi* schreiend lief ich hinterher, bis Joschi anscheinend in die Dose biss.

Sie haben wieder mal keine Ahnung, wie das aussieht. Ein rennender Boxer-Hund vor Ihnen und eine plötzlich aufsteigende rote Farbfontäne am Hund, die bis zu Ihnen selbst reicht. Ich glaubte am Farbgeruch zu ersticken.

Gleichzeitig hörte ich ein furchtbares Jaulen des Hundes, das bis ins Knochenmark drang. Ich würde heute noch dieses Jaulen unter tausenden erkennen. Furchtbar!

Joschi hatte mich abgehängt, und ich ging außer Atem zurück zur Halle. Wenig später war es Mittag. Mittags wurde an der Fahrschule »angetreten« (alle Fahrlehrer und alle Fahrschüler versammeln sich vor der Fahrschule). Heinz stand dann vor uns und verkündete eventuell neue Aufgaben oder, wenn es keine Änderung gab: »Dienst übernehmen.« Bei diesem »Mittagsantreten« fehlte Heinz, und es fehlte Joschi. Zugegeben, ich machte mir Sorgen. Auch zum Dienstschluss, also gegen 16 Uhr fehlten Heinz und Joschi.

Ich ging mehr als betrübt in den Dienstschluss und anschließend meiner Tätigkeit als ziviler Fahrlehrer in Schwabing nach.

Am nächsten Morgen war ich wie so oft der erste Fahrlehrer in unserer Fahrschule. Heinz kam wenig später. Ich war wirklich erleichtert, als ich ihn sah. Ich fragte ihn sofort nach Joschi. Da kam der auch schon um die Ecke, etwas langsam und apathisch, was mich kaum wunderte.

Heinz hatte seine Zunge, sein Maul und alles andere Rotgefärbte an Joschis Körper am Abend zuvor mit Verdünnung abgerieben, bis die Farbe weg war. Können Sie sich vorstellen, eine Farbdose zu zerbeißen und anschließend die Farbe auf Ihrer Zunge mit Verdünnung abgerieben zu bekommen, bis die Farbe weg ist? Wie wäre das Gefühl während dieser Prozedur und danach oder wie wäre das Geschmacksempfinden danach ... Vielleicht für mehrere Jahre oder für immer kein Geschmack? Oh Gott, der arme Joschi!

Tja, was lehrt uns diese Geschichte? Keine Ahnung. Boxer sollen nicht beißen (so viel zu dir, Mike Tyson), oder Hunde gehören an die Leine!

Ihr Ronny Z. aus M.

Katharina. 1999

Nun wissen Sie ja nun wirklich, dass ich Fahrlehrer bin. Übrigens, falls Sie überlegen, diesen Beruf zu ergreifen, dann rate ich Ihnen dringend: Nein, tun Sie das bloß nicht, ich meine, verschwenden Sie nicht einmal einen Gedanken daran, Fahrlehrer zu werden. Auf Deutsch: Lassen Sie es! Der Beruf an sich ist ja okay, aber all das Drumherum … Damit meine ich die schlechte Stimmung mancher Fahrschüler, die Zahlungsmoral der Kunden, die vielen Faktoren, die daran schuld sind, dass jemand die Prüfung nicht besteht, oder die vielen, vielen Kleinigkeiten, die der Kunde von Ihnen erwartet. Also lassen Sie es. Ich hoffe, Sie haben verstanden.

Aber zurück zur eigentlichen Geschichte. Katharina.

Katharina war eine von diesen Durchschnittsfahrschülerinnen. Okay, sie war sehr hübsch, aber irgendwie doch wieder eher durchschnittlich in ihrer Art und Weise.

Damals war ich angestellter Fahrlehrer bei einer etwas größeren Fahrschule im Münchner Osten. Wir waren etwa fünf angestellte Fahrlehrer. Eigentlich war's 'ne schöne Zeit dort, und damals, 1999, war auch die Welt noch in Ordnung, finde ich jedenfalls.

Zurück zu Katharina. Hätte mich jemand vor den Geschehnissen, die ich Ihnen nun berichten muss, gefragt, so hätte ich es garantiert als letzte von allen damaligen Fahrschülerinnen ausgerechnet Katharina zugetraut. Sie war die Schüchternheit in Person; während der Fahrstunden sprach sie kaum. Wenn ich sie ansah, konnte sie mir kaum länger als zwei Sekunden in die Augen sehen und wandte sich dann ab. Also, Katharina war extrem schüchtern, was mich aber nicht störte, sondern was ich einfach nur registrierte.

Sie war von wirklich jungen Jahren, eher etwas größer als die meisten Frauen, aber dennoch tadellos gewachsen. Obwohl sie keine vollendete Schönheit war, hätte man kaum etwas Anziehenderes erschaffen können. Lange Wimpern, leuchtende Augen, seidenzarte Haut und ein unheimlich erotischer Blick, dem keiner entgehen konnte. Wer ihn nicht registrierte, der registrierte wohl gar nichts. Ob sie allerdings über ihre Reize wirklich Bescheid wusste, war nicht zu klären. Fakt war ihre Bescheidenheit; wie sie mit ihren Reizen umging, ließ vermuten, dass sie über ihre »Macht« nicht im Geringsten Bescheid wusste.

Auch Katharina musste irgendwann ihre Sonderfahrten absolvieren, also Landstraße, Autobahn und Nachtfahrt. Landstraße und Autobahn hatten wir bereits absolviert. Auch bei diesen Stunden, die vielleicht etwas lockerer sind für den Fahrschüler als Stadtstunden, kamen wir uns nicht nennenswert näher. An einem Abend im Sommer 1999 sollte die Nachtfahrt stattfinden. Pünktlich um 20 Uhr 30 wollten wir losfahren, und um 22 Uhr 45 wäre dann das Ende der Nachtfahrt erreicht. Um halb neun hieß es also Spiegel und Sitz einstellen, die Beleuchtung erklären und ein paar Besonderheiten bei Nacht erläutern. Nun Abfahrt von der Fahrschule, aber nach vielleicht zwanzig Minuten musste ich einfach mal dringend pinkeln. Ich fragte Katharina, ob wir kurz an der Fahrschule anhalten könnten, damit ich auf die Toilette gehen konnte. Natürlich war Katharina einverstanden, und so ging es zurück zur Fahrschule. Wir parkten schnell ein, und ich sagte: »Bin gleich zurück«, doch Katharina wollte mit in die Fahrschule kommen, was mir nicht weiter komisch vorkam.

Die Fahrschule betrat man über den Unterrichtsraum, in dem auch der Schreibtisch für die Büroarbeit und die Anmeldungen stand. Ein paar Meter geradeaus ging es zur Toilette, in der ich nun verschwand, während Katharina im Unterrichtsraum stehen blieb. Ich strullerte zufrieden, schüttelte ab und ging nach draußen, um die Fahrschule abzusperren. In der Annahme, dass Katharina schon wieder am Steuer saß, ging ich zum Wagen. Doch Katharina war gar nicht da, auch nicht auf dem Parkplatz oder in der Nähe zu sehen. Also ging ich zurück in die Fahrschule, betrat den Unterrichtsraum und schaute in der Toilette nach, was unsinnig war, denn ich war ja zuvor selbst dort gewesen. Außer diesen beiden Räumen gab es nur noch einen winzigen Aufenthaltsraum für die Fahrlehrer mit organisatorischen Plänen, Übersichten und einem alten Schreibtisch. Ich öffnete die Tür zu diesem Nebenraum und erschrak, denn es brannte die Schreibtischleuchte auf dem alten unansehnlichen Schreibtisch. Die einzige Zierde im Raum war ein uralter Chesterfield-Schreibtischsessel in diesem typischen Grün. Sein Leder war brüchig und rissig. Gerade das machte diesen Sessel schön.

Im selben Moment, in dem ich bemerkte, dass die Schreibtischleuchte brannte, sah ich auch Katharina auf dem Schreibtischsessel sitzen. Sie lächelte mich fast schon flehend an und trug nichts außer tiefroten Dessous. Dessous von Agent Provocateur. In so einem Moment ist es wahrscheinlich jedem Mann egal, ob es sich hier um 77 Prozent Polyamid oder 66 Prozent Elasthan oder 100 Prozent

Baumwolle handelt, im Gegensatz zu Frauen, die hier sicherlich genauer hinblicken würden. Katharina lächelte noch immer; inzwischen empfand ich dieses Lächeln als einladend und voller Begierde. Man spürte förmlich, wenn man sie nur kurz mit den Lippen berührte, würde sie vor aufschreiender Lust entbrennen.

Ich musterte ihre so zartrosa schimmernde Haut und glaubte pure Erotik auf der Hautoberfläche pulsieren zu sehen. Sie trug einen absolut vorteilhaft geschnittenen Tanga, den es enger wohl nirgends zu kaufen gab. Ein Anblick, der ihre Dominanz und gleichzeitige Unterwürfigkeit noch mehr zum Ausdruck brachte. Sie hatte ihre Beine weit geöffnet, eines davon lag quer auf dem alten Schreibtisch, und unter dem knallroten, etwas zu engen BH konnte man nur vermuten, welch wunderbare Knospen einen hier erwarteten. Irgendwie verspürte ich aber weder Scham noch Lust und blieb zu meiner eigenen Überraschung völlig kalt in dieser für jeden Mann eigentlich wünschenswertesten aller Situationen. So kam es auch, dass ich Katharina bat sich anzuziehen. Es war ihr sichtlich unangenehm und peinlich, sich so entblößt zu haben. Dennoch glitzerten in ihren Augen immer noch Lust und Spannung. Es schien ihr vermutlich auch gänzlich sinnlos, sich nun zu bedecken oder den Raum zu verlassen, denn Katharinas Verstand flüsterte ihr zu, dass sie es zu dieser Situation überhaupt nicht hätte kommen lassen dürfen. Ihr Verlangen durchflutete nichtsdestotrotz ihren Körper noch immer mit Adrenalin und purer Leidenschaft.

Sie stand auf, und ich genoss es, ihr beim Anziehen zuzusehen, hoffte aber auch zugleich, dass nicht irgendein

Kollege ebenfalls an diesem Abend Nachtfahrt hatte und Unterlagen oder Ähnliches aus der Fahrschule holen wollte.

In den darauffolgenden Minuten sprachen wir nur wenig, dann stiegen wir wieder in den Golf. Die Stimmung im weiteren Verlauf dieser Nachtfahrt war eher trostlos, und ich ließ am Ende Katharina vor ihrer Haustür aussteigen, bevor ich nach Hause fuhr. Die späteren Fahrstunden waren nicht mehr annähernd so prickelnd, und wir waren beide froh, wenn sie jeweils zu Ende gingen. Es dauerte eine ganze Weile, bis wir wieder vernünftig miteinander reden konnten. Einige Zeit verging, und auch bei Katharina rückte der Zeitpunkt der praktischen Prüfung heran. Ich weiß, dass wir uns nach der bestandenen Prüfung noch sehr herzlich verabschiedeten; ob es später nach der Fahrschulausbildung nochmal zu einer prickelnden Situation mit Katharina kam, das überlasse ich Ihnen als Leser.

Übrigens müssen die Männer unter Ihnen nicht extra zurückblättern, um den Namen von wirklich guter Unterwäsche zu notieren. Ich helfe Ihnen gerne: Die Wäsche heißt Agent Provocateur – gesprochen: *Ascho Provokatör!* Viel Erfolg damit wünscht

Ihr Ronny Z. aus M.

Drogen, nichts als Drogen. 2000

Eigentlich begann dieser Tag völlig normal. Ein Freund hatte mich am Tag zuvor gebeten, bei ihm eine Steckdose zu verlegen, also tat ich dies auch. Schließlich war ich ja auch gelernter Elektriker. Dieser Tag begann auch richtig schön. Ausgeschlafen, gemütliches Frühstück und in aller Ruhe zu meinem Freund fahren.

Ich packte das Nötigste für die Installation zusammen, bevor ich mein Auto aus der Tiefgarage holte, um einzuladen. Danach fuhr ich direkt zu Dirk, eigentlich nur ein paar Häuser weiter innerhalb unseres Stadtteils. Die Installation der Steckdose als solche war eigentlich kein großes Problem. Dazu kamen noch ein paar Umzugskartons, die es zu tragen gab, denn Dirk war frisch umgezogen.

Nach getaner Arbeit gab es natürlich eine Halbe Bier und einen gemütlichen Ratsch, schließlich sind wir ja in Bayern.

Zu dieser Zeit war ich gerade wieder einmal Single; ich hatte mich erst kürzlich von meiner Freundin getrennt. Fragen Sie mich bitte nicht, welche es war. Müsste ich echt erst überlegen. Jedenfalls, ich selbst, also ohne Frau im Hause, hatte nie großen Bezug zu Pflanzen. So wundert es mich eigentlich heute noch, wie es zu folgender Situation kommen konnte.

Wie erwähnt, Dirk war frisch umgezogen, und so blieben wie bei jedem Umzug Gegenstände und Erinnerungen zurück. Also kam es auch dazu, dass Dirk mich fragte, ob ich irgendetwas davon gebrauchen könne. Nach unserer Halben

Bier und a bisserl Brotzeit schaute ich mir das Ganze mal an. Es gab Bilder, Bilderrahmen, einen Wäscheständer, ein kleines Bücherregal, Pflanzen von seiner Exfreundin und viel Kleinkram zu verschenken. Im Prinzip nichts, was ich wirklich gebrauchen konnte.

Ich entschied mich für eine der Pflanzen. Warum? Keine Ahnung, schön war sie ja nicht. Wohl eher um Dirk eine Freude zu machen, dass wenigstens ein Teil weg war und einen neuen Besitzer gefunden hatte und Platz machte für Neues in der Wohnung. Wenig später machte ich mich so langsam auf den Weg nach Hause, um dort auch mal ein paar Dinge für mich zu erledigen. Einkaufen, Putzen, ein wenig Büroarbeit warteten auf mich, und am Abend wollte ich mit Freunden essen gehen. Ich räumte mein Werkzeug in meinen Rucksack, und oben, na ja, schaute meine allerneueste Errungenschaft heraus, mein ganzer Stolz, meine neue Pflanze.

Schnelle Verabschiedung von Dirk, wie es unter Männern üblich ist, kein großes Gedöns und noch schnell die Worte: Ich mach es wieder gut (was so viel heißt wie: Danke, ich zahle nichts, aber irgendwann gebe ich 'ne halbe Bier aus). Das war auch okay, denn unter Freunden ist das nun mal so. Nun ging es ab auf mein Radl (für die Preußen unter Ihnen: mein Fahrrad). Das Auto ließ ich nach einer Halben natürlich stehen, gutes Vorbild, das ich bin; obendrein parkte es in Dirks Straße, also quasi bei mir um die Ecke.

Wie bereits erwähnt, es war ja nicht weit zu mir nach Hause. Vier oder fünf Minuten später war ich daheim. Der Rucksack landete erst mal im Eck. Allerdings die Pflanze nicht, für die hatte ich schnell einen Platz gefunden, irgendwo in meiner Fahrschule in der Nähe des Schreibtisches meiner Bürokraft. Natürlich mit dem Hintergedanken, dass diese sich auch darum kümmere.

Ich selbst setzte mich an meinen Schreibtisch, auch in der Fahrschule, und checkte mal, was zu tun sei. Tagesnachweis über Fahrstunden des Vortags, ein paar Quittungen abheften, eine Rechnung war zu schreiben, und eine Überweisung stand an.

Es dauerte nicht lange, da klingelte es an der Tür.

Ich ging zum Fenster, ein Streifenwagen stand schräg in unserer Einfahrt, und zwei Polizisten standen vor der Tür.

Ich öffnete und sagte: »Hallo, wollen Sie wirklich zu mir?«

Einer der Polizisten antwortete mit der naheliegenden Gegenfrage: »Sind Sie der Herr Zander persönlich?«

Ich meinte natürlich: »Ja.« Die nächste Frage, ob ich vor wenigen Minuten mit dem Fahrrad hier angekommen war, bejahte ich ebenfalls. Der andere Polizist fragte, ob sie reinkommen dürften. Wir standen nun in der Fahrschule, und man machte mich auf meine Rechte aufmerksam. Ziemlich verwundert hörte ich mir das Ganze an.

Alles Mögliche schoss mir durch den Kopf. War ich bei Rot über die Ampel gefahren? Oder widerrechtlich auf dem Gehweg gefahren? Was sollte ich wohl getan haben? Man fragte nach meiner Pflanze. Sofort fiel mir Dirk ein. Sollte der Polizist meinen, ich hätte sie mir unrechtmäßig angeeignet? Aber warum sollte er dies behaupten. Das ergab alles keinen Sinn, aber mir fiel keine bessere Erklärung ein.

Einer der Polizisten begutachtete meine neue Errungenschaft, meine neue Pflanze. Der andere versuchte mir klarzumachen, was es bedeutet, gegen das Betäubungsmittelgesetz zu verstoßen.

Auf Deutsch, alles deutete darauf hin, dass Dirk mir freundlicherweise eine Hanfpflanze zur Verfügung gestellt hatte. Ich war sichtlich begeistert.

Ich diskutierte mit den beiden darüber, ob nun Hanfpflanze oder nicht. Ebenso darüber, wie ich in den Besitz der Pflanze gekommen war und dass diese mir erst seit einer Stunde gehörte.

Alles völlig umsonst, es hatte keinen Sinn, mit den beiden zu diskutieren. Tja, nun sollte ich also mit zur Wache, um eine Anzeige aufzunehmen. Wenn da nicht in letzter Minute mein Nachbar zur Fahrschule reingekommen wäre, Doktor seines Zeichens.

Dieser, übrigens Doktor der Medizin und Doktor der Biologie, kannte sich bestens mit Pflanzen aus. Ich erklärte ihm kurz die Lage, und schon nahm er meine Pflanze unter die Lupe.

Dr. Dr. Rainer (Name geändert) meinte: »Acer palmatum« – was mich persönlich mehr an ein Notebook der Firma Acer erinnerte.

Mit Acer palmatum meinte er, es sei die japanische Ahornpflanze oder der japanische Ahornbaum oder Fächer-Ahorn. Im Klartext: eine Pflanze, die nicht im Geringsten etwas mit einer Hanfpflanze zu tun hat.

Mein Nachbar und Doppeldoktor gab den Polizisten zu verstehen, dass er diese Auskunft der Polizei oder wem auch immer gerne auch schriftlich oder sogar in einem regelrechten Gutachten zukommen lassen könne. Damit gaben sich die beiden erst einmal zufrieden.

Nun wurden die Polizisten auch etwas lockerer und eröffneten mir, wie sie überhaupt zu ihrem Verdacht gekommen waren. Offensichtlich hatten mich Jugendliche auf meinem Nachhauseweg gesehen. Sie identifizierten meine vermeintliche Hanfpflanze als illegales Gewächs und verfolgten mich bis zu meiner Haustür. Dort riefen sie die Polizei, und, na ja, so ist das in Bayern, die besuchte mich prompt.

Tja, was lernen wir aus dieser Geschichte?

Vielleicht sollte man einem geschenkten Gaul doch manchmal ins Maul schauen, oder, viel einfacher, Sie machen einen Doktortitel. Oder zwei. Der Doktor von nebenan hat mich ja schließlich gerettet.

Ohnehin ist so ein Doktortitel heute ja nicht mehr ganz so schwer zu bekommen, wie man an Karl-Theodor, Annette und ihren Kollegen sehen kann.

Ihr Ronny Z. aus M.

Es ist nicht alles Silber, was glänzt. 2005

Ja, ja, ich weiß schon, es heißt eigentlich: »Es ist nicht alles Gold, was glänzt.« Aber kann ich was dafür, dass mein Auto damals silberfarben war? Nein, kann ich nicht.

Natürlich werden Sie in dieser Geschichte die Erklärung dafür finden. Eine verrückte Geschichte, muss ich schon zugeben. Aber auch diese Geschichte ist einfach nur wahr.

Es war die Zeit, als ich angestellter Fahrlehrer in einer Fahrschule in Haidhausen war. Haidhausen ist einer der schönsten Stadtteile Münchens. Schon damals war es eigentlich klar, dass ich diese Fahrschule mal übernehmen würde, und das tat ich auch 2007. Bis dahin hatte ich einen silberfarbenen Peugeot 307. Ein Auto, das so weit ganz okay ist, aber auch nicht der Hammer. Nun gut, ich musste damit leben bzw. arbeiten, denn es ist ja nicht alles Silber, was glänzt.

Wie jedes Auto musste auch dieses gelegentlich zum Kundendienst. Also stand irgendwann der Termin zur Abgabe auf meinem Kalender. Sie ahnen es, stimmt's? Ja, ich war wieder mal mit einem Fahrschüler unterwegs. Solche Termine verbindet jeder Fahrlehrer gerne mit Ausbildungsfahrten. So kam es, dass ein Fahrschüler meinen Peugeot zur Werkstatt fuhr und ich danebensaß.

Am Heck meines Peugeot 307 hatte ich übrigens die 3 durch eine 0 ersetzt, und so stand dort nun Peugeot 007. Darunter befand sich eine aufgeklebte Pistole, wie im James-Bond-Logo. Ich fand die Kombination Peugeot 007 und Pistole richtig gut. Nicht Ihr Humor? Auch okay!

Der Peugeot-Händler in München hatte ein Ersatzfahrzeug für mich, was nicht überall üblich ist. Schließlich bedarf ein solches Ersatzfahrzeug für eine Fahrschule einer Doppelbedienung. Das ist das Teil, mit dem der Fahrlehrer Gas geben, bremsen oder die Kupplung betätigen kann. Also drei Pedale auch am Beifahrerplatz – eben doppelt. Dieser Werkstatt-Peugeot war doch tatsächlich auch ein Peugeot 307, noch dazu in Silber, allerdings etwas dunkler als mein eigener. Peugeot hatte zu dieser Zeit zwei verschiedene Silbertöne für den 307. Auch die Alufelgen waren ein bisschen anders. Wenn man aber das Fahrschulschild aufs Dach setzte und meine gelben Werbeschilder an der Seite anbrachte, fiel der Unterschied wirklich nicht auf. Der Werkstatt-Peugeot war ein fast perfekter Doppelgänger.

Der Wechsel an der Werkstatt sollte schnell gehen, schließlich wartete mein Fahrschüler, und die verlorene Zeit anhängen wollte ich auch nicht. Alles ging recht rasch voran und mir trotzdem viel zu langsam. So kam es, dass ich meine nächste Fahrschülerin nach der Abfahrt vom Peugeot-Händler anrief und bat unterwegs zuzusteigen. Das klappte auch wunderbar, und Sonja (Name geändert) wurde vor ihrer Haustüre abgeholt. Der Fahrschüler zuvor konnte nun über einen kleinen Umweg zur Fahrschule zurückfahren.

Ich unterhielt mich während der Fahrt mit Sonja. So kam es, dass ich auch immer wieder zu ihr nach hinten sah; das ging ganz gut, sie saß nämlich hinten links, hinter meinem Fahrschüler, und ich natürlich vorne rechts. Irgendwann kam es mir so vor, als wäre Sonja verunsichert, schüchtern und komisch mir gegenüber. Sie schaute mir kaum in die Augen und antwortete nur zögerlich und wortkarg. Mein

Fahrschüler bekam davon nichts mit. Er saß am Lenkrad und gab natürlich sein Bestes, der kleine Mann. Ja, groß war er wirklich nicht, und seinen Sitz hatte er dadurch sehr weit nach vorne gestellt. Nun, das war auch der Grund, warum etwas zum Vorschein kam, was sonst unter dem Sitz gelegen wäre.

Ich sah ja mehrmals nach hinten zu Sonja und bemerkte auch, dass sie immer wieder nach unten blickte. Auch ich schaute nun suchend nach unten in Sonjas Fußraum. Ich traute meinen Augen nicht. Sie ahnen es wieder mal?

Ich trau es mich kaum zu schreiben, ein gebrauchtes Kondom lag dort unter dem Sitz; gleich daneben noch ein ungebrauchtes, na ja, zumindest ohne Inhalt. Beide lagen so weit vorne, dass sie, einen normal gewachsenen Fahrer vorausgesetzt, normalerweise nicht sichtbar gewesen wären. Nun wusste ich, warum Sonja sich so komisch und angespannt verhielt. Ich ließ meinen Fahrschüler rechts am Fahrbahnrand anhalten. Nun ging ich nach hinten, um die Kondome mit ein paar Tempotaschentüchern in der Hand zu entfernen.

Haben Sie auch nur die leiseste Ahnung, wie froh ich war, dass ich meinen Fahrschüler mit dabeihatte? Den Fahrschüler, der mit mir in der Werkstatt war und gegenüber Sonja bezeugen konnte, dass dies nicht *mein* silberfarbener Peugeot war? Sonja verhielt sich nämlich so eigenartig, weil sie annehmen musste, es wäre mein Fahrschulauto.

Am nächsten Tag musste ich selbst am Vormittag zur Werkstatt fahren, um mein heiß ersehntes Auto wieder abzuholen. Als ich an die Reihe kam, um mit dem Werkstattmeister zu reden, sagte ich ihm, dass ich das nächste Mal gerne ein sauberes Fahrzeug hätte. Dieser gute Mann wurde dann gleich sauer. Er meinte, dass man schon zufrieden sein könne, wenn man als Fahrschule ein Auto mit Doppelbedienung als Ersatz bekommt, und nicht noch Ansprüche stellen solle. Daraufhin war mir die Dame am Schalter neben mir egal, und ich erzählte ihm von den Kondomen. Natürlich wurde der Werkstattmeister schnell leise und bat um Entschuldigung. Die Frau neben mir schaute mich mit großen Augen an und grinste.

Mein Peugeot musste irgendwann wieder in die Werkstatt. Ich konnte es mir nicht verkneifen, den Werkstattmeister zu fragen, wer denn damals der Übeltäter gewesen war. Er antwortete mir, dass der betreffende Wagen normalerweise nicht an Kunden verliehen werde. Eben wegen der Doppelbedienung, die dazu führen könne, dass jemand vom Beifahrerplatz aus Blödsinn macht, wenn Sie verstehen? Also fuhren nur Mitarbeiter des Hauses damit. Ein Rentner war allerdings kurz vor mir mit diesem Peugeot zur tschechischen Grenze gefahren. Dort brachte er einen Mitarbeiter hin, um ein liegengebliebenes Fahrzeug abzuholen.

Was der Rentner an dieser tschechischen Grenze noch so im Auto tat, möchten wir alle nicht wissen.

Ich hoffe, Sie denken nicht immer nur an Kondome, wenn ein Peugeot vor Ihnen an der Ampel steht. Denken Sie lieber an James Bond.

Ihr Ronny Z. aus M.

Frohe Weihnachten. 2008

Weihnachten stand vor der Tür, diesmal überraschenderweise schon am 24. Dezember.

Mögen Sie Weihnachten? Also ich schon, auch die Adventszeit. Ein bisschen Weihnachtsmarkt, a bisserl Glühwein, a bisserl Lebkuchen, a bisserl Duft nach Zimt, a bisserl Duft nach Nelke, a bisserl heißes Bad, a bisserl Geschenke, a bisserl Auspacken, a bisserl Überraschen und a bisserl Stress. Es gäbe noch so vieles aufzuzählen.

Alles in allem – schön!

Außer an diesem Weihnachten, es sollte das schlimmste meines Lebens werden, ohne die geringste Spur von schön.

Ich lebte zu dieser Zeit in Forstenried, also im Süden von München, in einer schönen Erdgeschosswohnung in einem Mietshaus. Maria (Name geändert) war eine ganz besondere Frau. Sie konnte ganz normal und auch ganz nett sein, sogar über Tage oder Wochen hinweg. Aber dann kam man eines Tages heim und bemerkte sofort, irgendetwas stimmt nicht. Das begann zum Beispiel mit der Frage: Ist irgendwas? Oder: Hast du irgendwas? Ich erwiderte dann oft: »Nein, was soll denn sein?« Das nützte aber nichts. Meistens nahm der Abend dann unweigerlich seinen Lauf. Und zwar abwärts. Das heißt, Maria wurde immer komischer, bis sie nicht mehr sprach. Das konnte über Tage hinweg so anhalten. Sehr angenehm, kann ich Ihnen sagen. Diesmal sollte Folgendes der Auslöser sein. Ihre Mutter rief an, und Maria telefonierte ewig. Ewig bedeutet, circa eine Stunde. Tja, und nach dem Auflegen versäumte ich es, mich nach dem Befinden der werten Frau Mama zu erkundigen. Oh Gott – böser Fehler.

So passierte es an jenem 22. Dezember, also kurz vor Weihnachten.

Für den 24. Dezember, also den Heiligen Abend, war geplant, dass meine Tochter Evi uns mit ihrem Freund besuchen sollte. Nur was sollte das für ein Abend werden, wenn Maria schon seit zwei Tagen nicht mit mir sprach? Am Nachmittag sollte Evi mit ihrem Freund zu uns kommen, um anschließend gemeinsam zur Kirche zu fahren, und danach sollte es Entenbrust et cetera geben. Kurz bevor Evi da war, fragte ich Maria noch einmal, ob sie in die Kirche mitkomme. Doch Sie denken es sich schon, keine Antwort, nur ein hämisches Lächeln.

Gegen 15 Uhr 30 kam Evi mit Freund, und ich ging nach draußen, noch bevor sie klingelten. Einen Berg Geschenke unterm Arm stieg ich zu ihrem Freund ins Auto. Ich erzählte kurz, was Sache war. Evi verdrehte nur die Augen, denn sie kannte die Eigenarten von Maria. Wir fuhren in ein Café um die Ecke, tranken dort Kaffee, aßen Kuchen, unterhielten uns und tauschten die Geschenke aus. Evi und ihr Freund fuhren mich dann nach Hause.

Zu Hause angekommen, blieb ich einen Moment in der Wohnung, um irgendwas aufzuräumen oder so – meine Geschenke vermutlich –, und ging anschließend auf die Terrasse. Damals rauchte ich noch. Es war bitterkalt. Ich hatte eine ziemlich warme Jacke an, eine Schachtel Zigaretten und die Hausschlüssel, sonst nichts. Kein Geld und auch keinen Autoschlüssel, das war ein Fehler, ein schwerer, schwerer Fehler.

Sie ahnen, was passiert? Lassen Sie es uns abwarten.

Ich rauchte eine Zigarette. Da ich ziemlich wütend war auf Grund des versauten Heiligen Abends, rauchte ich noch eine und noch eine. Dann bemerkte ich, dass Maria die Rollläden herunterließ. Erst den über dem großen Fenster der Terrasse, dann den der Terrassentür.

Ich machte mir nichts draus. Schließlich trug ich meine Hausschlüssel am Manne. Vor Frust rauchte ich noch eine Zigarette, und erst dann stand ich auf. Ich klopfte an den Rollo, aber ohne Erfolg. Ich wollte auch nicht zu fest klopfen, schließlich war es Heiliger Abend und inzwischen ungefähr halb sieben. Maria öffnete nicht. Also ging ich durch den Garten ums Haus zur Tür. Ich schloss auf und trat ins Haus.

Als ich die Wohnungstür öffnen wollte, bemerkte ich, dass der Schlüssel von innen steckte. Ich konnte es nicht glauben und versuchte mehrmals den Schlüssel zu drehen, in der Hoffnung, die Tür würde sich öffnen lassen.

Haben Sie überhaupt die geringste Ahnung, wie ich mich in diesem Moment fühlte? Ich ging nach draußen und schnappte frische Luft. Davon hatte ich ausreichend. Außerdem hatte ich eine warme Jacke, Zigaretten, Feuer und einen Haustürschlüssel, der mir nichts nutzte. Mein Auto stand vor der Tür, aber der Autoschlüssel war in der Wohnung, und Geld hatte ich auch keines einstecken, ebenso lag mein Handy in der Wohnung.

Wen sollte ich auch anrufen am Heiligen Abend um halb sieben? Entweder war man in der Kirche, beim Essen, mitten in der Bescherung, oder man saß mit der Verwandtschaft gemütlich zusammen. Ich ging erst mal ein paar

Schritte, genauer gesagt komplett um den Häuserblock. Wie viel Male insgesamt kann ich heute nicht mehr sagen. Natürlich wäre es schöner gewesen, ich hätte meinen Autoschlüssel dabeigehabt und hätte irgendwo hinfahren können, mich im Auto aufwärmen, Musik hören. Es war kein schönes Gefühl, durch die Straßen zu laufen, die Zeit totzuschlagen und dabei in fremde Wohnzimmer zu schauen.

Nach einiger Zeit weitete ich meinen »Spaziergang« ums Haus aus, und meine Runde dauerte länger. Nach jeder Runde versuchte ich es wieder. Ich öffnete die Haustür und ich versuchte die Wohnungstür aufzuschließen. Immer wieder das Gleiche, die Wohnungstür blieb verschlossen. Die Wut in mir wuchs und wuchs, aber änderte dies etwas? Irgendwann kam ich zur Haustür, öffnete sie, und anschließend ging ich wie schon gewohnt zur Wohnungstür. Ich rechnete schon gar nicht mehr damit, Erfolg zu haben. Doch diesmal steckte kein Schlüssel von innen. Zweieinhalb Stunden war ich draußen gewesen. Durchgefroren und absolut voller Zorn betrat ich den Flur. Gleich die Tür rechts daneben war die Schlafzimmertür, durch die eindeutig ein laufender Fernseher zu hören war. Ich öffnete die Tür, und Maria lag dort und schaute in den Fernseher. Ich musste also die Tür nicht sehr weit öffnen, um mit ihr zu reden. Ich war voller Wut, ein Gefühl, das ich bis dahin so nicht kannte. Maria drehte sich mit der Fernbedienung in der Hand zu mir, und ich sagte vor lauter Wut: »Wenn du jetzt nichts sagst, dann sag ich auch nichts, aber glaube nicht, dass dies unvergolten bleibt«.

Maria sagte keinen Ton, wandte sich wieder zum Fernseher und war völlig unberührt. Ich knallte die Tür dermaßen zu, dass die drei anderen Mietparteien im Haus den Knall gehört haben müssen. Ich hatte Angst, dass etwas kaputt gegangen wäre.

Ich ging ins Wohnzimmer, schenkte mir ein Bier ein und schaute in den Fernseher, dann bestellte ich mir eine Pizza, was nicht so einfach war am Heiligen Abend. Ich trank noch ein Bier und schlief irgendwann im Wohnzimmer ein.

Ich schwor mir, mich von dieser Frau zu trennen. Das sollte allerdings noch sechs Monate dauern.

Viele unter Ihnen werden sich jetzt fragen, warum noch sechs Monate? Ich weiß, ich weiß, aber mit Maria reden und sich einfach trennen, das war schlicht unmöglich. Es war ein wirklich langer Prozess.

Tun Sie mir einen Gefallen?

Wenn Sie Weihnachten irgendein schlechtes Gefühl haben, dass etwas nicht ganz *so* toll läuft, dann denken Sie an mich.

Sie wollen doch nicht zweieinhalb Stunden draußen in der Kälte verbringen, oder?

Also genießen Sie, was Sie haben, pflegen es und fragen hin und wieder, wie es Ihrem Partner geht. Und denken Sie daran, ein altes Sprichwort sagt: Werde nicht unzufrieden, wenn du zufrieden bist.

Ihr Ronny Z. aus M.

Mein Freund Arnold. 2010

Ich gebe zu, die folgende Geschichte ist einfach nur Wahnsinn, dieses Erlebnis wünsche ich keinem von Ihnen.

Wer diese Geschichte oder vielmehr diesen Alptraum liest – und ich wiederhole es schon wieder, die Geschichte ist von Anfang bis Ende wahr –, der wird sagen: »Um Gottes willen, was ist diesem Menschen eigentlich nicht passiert?«

Es war an einem Freitagmorgen. Ich hatte kurz davor im Internet ein paar Sachen bestellt. Na ja, ein paar Dinge darunter waren aus Russland beziehungsweise Litauen.

Wie das vermutlich mit meiner Geschichte zusammenhing, erkannte ich allerdings erst viel später, und ich dachte lange, lange über das Erlebte nach und kam zu keinem wirklichen Ergebnis.

Aber vielleicht hatte man dort, in Litauen, weit, weit weg von Deutschland, ganz einfach etwas verwechselt. Jedenfalls hatte ich mir ein Rennrad und natürlich die passende Kleidung dazu gekauft. Alles im Internet und aus dem Osten.

An diesem Freitag klingelte mein Wecker wie immer um sieben Uhr dreißig. Ihn sollte ich allerdings an diesem Morgen nicht hören, denn bereits um kurz nach sieben läutete es an meiner Haustür Sturm. Eigentlich wollte ich gar nicht aufstehen, denn um diese Uhrzeit klingelt nie jemand bei mir. Alles Mögliche ging mir durch den Kopf: ein Brand im Haus, ein Zeitungsausträger, jemand, der gar nicht zu mir wollte, oder der Hausbesitzer. Schnell zog ich meinen Badematel über und ging zur Haustür. Ich öffnete, und ein etwas merkwürdig aussehender Mann stand vor mir. Er hatte einen Kinnbart und trug diesen zu einem etwa zehn Zentimeter langen Zopf zusammengebunden. Er drückte mir sofort ein Päckchen von FedEx in die Hand und anschließend ein Papier auf einer Schreibunterlage zum Unterschreiben. Ich fragte ihn, was es denn sei und von wem das Päckchen komme. Keine Antwort. Gleichzeitig checkte ich im Kopf meine Ebay-Bestellungen und war der Meinung, nichts offen zu haben.

Ich warf das kleine Päckchen auf eine Ledercouch, die gleich neben dem Eingang stand und normalerweise als Sitzgelegenheit beim Schuhanziehen diente. Ich drehte mich gleich wieder zur Tür, um zu unterschreiben, da hatte der vermeintliche FedEx-Mann seine Füße schon in der Tür und drängte mich etwas zurück. Er hielt mir einen Ausweis vom Zoll unter die Nase, und gleichzeitig kamen eine Frau sowie zwei weitere Männer aus dem Hausflur auf meine Eingangstür zu. Alle vier waren angeblich vom Zoll aus Nürnberg.

Ich war total verwirrt, dazu unausgeschlafen, und ich dachte, das sei alles nur ein Traum. Man hielt mir einen Durchsuchungsbeschluss vors Gesicht. Nun war mir klar, dass das hier Realität war. Ich ließ mir nochmals die Ausweise zeigen, um das Ganze besser zu verstehen. Das hinderte die Zollbeamten nicht daran, mit ihrer Durchsuchung zu beginnen. Zwei legten sofort los und stellten alles in der Wohnung auf den Kopf. Der Mann mit dem Bart vernahm mich, und die Frau dokumentierte alles auf einem Laptop. Selbst einen Drucker hatten sie mit dabei. Man fragte mich, ob ich Waffen in der Wohnung hätte und ob ich Bodybuilder kenne. Ich sagte, ja klar, zwei Maschinengewehre und Arnold Schwarzenegger sei mein bester Freund. Daraufhin meinte der Bartträger, ich solle doch mal ernst bleiben. Ich erklärte, so ernst wie heute sei ich noch nie zuvor gewesen. Endlich kam ich auf die Idee, mir mal einen Kaffee zu machen und zu fragen, was wohl in diesem Päckchen sei.

Wir saßen inzwischen nebenan in meiner Fahrschule, und bevor ich aufstand, um in die Küche zu gehen, fragte ich, ob ich überhaupt alleine gehen dürfe, denn in der Küche lägen meine Waffen. Sie ahnen es, der Witz kam nicht allzu gut an. Zurück mit einer Tasse Kaffee in der Hand, erfuhr ich endlich, was sich in dem Päckchen befand. Ahnen Sie es schon? Na, raten Sie mal, richtig: Anabolika. Ich traute meinen Ohren nicht, als der Zollbeamte mir klarmachte, dass es sich um sehr hochwertige Anabolika handelte. Sofort wurde mir klar, was die Beamten vermuteten: Nämlich ich würde mit Anabolika handeln und in meiner Wohnung wäre noch mehr zu finden.

Zweieinhalb Stunden dauerte die Prozedur. Ich glaube, irgendwann war den Beamten klar, ich hatte keine Anabolika bestellt. Weder hatte ich Muskeln, nichts als Muskeln, noch war ich in einem Fitnessstudio, auch war Arnold gar nicht mein Freund. Also wurde überlegt, ob ich Feinde hätte; oder wer sonst könnte mir bewusst Anabolika zugeschickt haben? Oder hatte jemand mich gebeten, etwas für ihn anzunehmen, das er später bei mir abholen wollte? Auf all diese Spekulationen gab es von mir nur ein Nein, ich wusste niemanden.

Nach der Wohnungsdurchsuchung wurde nun mein Auto durchsucht, auch hier natürlich Fehlanzeige. Die vier

Zollbeamten verließen mich nach etwa dreieinhalb Stunden und fuhren zurück nach Nürnberg. Dort hatten sie auch meine Post abgefangen, die aus Litauen oder Russland kam. Als Erstes rief ich meine Schwester an, um ihr das Unfassbare zu erzählen. Ich war mit meinen Nerven am Ende und konnte es immer noch nicht glauben, Wahnsinn, einfach Wahnsinn. Meinen Pass, den ich nicht gleich fand, musste ich noch beim Zollamt München vorlegen. Man wollte sehen, ob ich irgendwelche besonderen Länder bereist hatte und sich dementsprechende Stempel in meinem Pass befanden.

Ich weiß nicht, wie viele Tage ich darüber nachdachte. Wie kam meine Adresse auf ein Päckchen mit Anabolika aus Russland oder der Gegend? Einzige Erklärung für mich waren meine Bestellungen für den Rennsport. Meine Recherchen ergaben, dass diese aus derselben Gegend kamen wie die Anabolika. Irgendein Mitarbeiter musste meine Adresse mit der einer Person verwechselt haben, die Anabolika bestellt hatte. Eine andere Erklärung gibt es für mich bis heute nicht.

Das Schlimmste an dieser Geschichte ereignete sich erst Wochen später. Seitdem bin ich auch zutiefst von unserem Rechtsstaat enttäuscht. Ich bekam einen Brief von der Staatsanwaltschaft mit der Aufforderung, fünfhundert Euro an irgendeine soziale Einrichtung zu zahlen. Wenn ich diese Summe zahlen würde, wurde mir versprochen, werde die Eintragung im Strafregister gestrichen und ich hätte wieder eine völlig reine Weste. Ich hatte niemals einen Eintrag im Strafregister, und ich hatte keine Anabolika bestellt. Aber ich sollte nun fünfhundert Euro zahlen für eine Straftat, die ich nicht begangen hatte. Ich konnte mich auch entscheiden, einen Rechtsstreit weiterzuführen, für den ich keine Nerven und auch kein Geld übrig hatte.

Können Sie sich vorstellen, wie viel Wut ich im Bauch hatte? Irgendein dahergelaufener Staatsanwalt, der mich nie gesehen, der nie ein Wort mit mir gesprochen und keine Beweise hatte außer einem Päckchen mit meiner Adresse, das ich dummerweise angenommen hatte – dieser Mann setzte einfach fest, diese Summe sei gerecht. Ich war und bin zutiefst enttäuscht von Vater Staat.

Kennen Sie das von früher? Ihr Vater hat Sie bestraft für etwas, was Sie getan hatten, das war okay. Aber zu Unrecht bestraft werden war damals und ist heute schrecklich für mich und verletzt mich sehr tief.

Na ja, was lernen wir aus dieser Geschichte?

Erstens: Bestraft werden für etwas, was man nicht getan hat, ist furchtbar. Deshalb recherchieren Sie genau, bevor Sie jemanden einer Tat beschuldigen.

Zweitens: Nehmen Sie ein Päckchen nur an, wenn Sie sicher wissen, es ist Ihres. Guter Rat ist nicht teuer.

Ihr Ronny Z. aus M.

Die teuerste Einkaufstüte meines Lebens. 2013

Was meinen Sie denn, wie viel eine Einkaufstüte kosten darf? Ich meine so eine typische, ganz normale Plastiktüte, wie man sie an der Kasse bekommt. Ich kann mich an die Zeit erinnern, da kostete eine Tüte gar nichts. Später 5 oder 10 Pfennige zu D-Mark-Zeiten. Heute wohl schon 15 oder gar 20 Cent. Nun ja, Sie halten mich sicher für verrückt, wenn ich Ihnen sage, dass ich einmal ganze 5 Euro dafür bezahlt habe, und zwar freiwillig.

Es war im Frühling, das Wetter war nicht besonders an diesem Wochenende, und ich saß eher gelangweilt zu Hause herum. Ich musste mir irgendetwas einfallen lassen, um aus der Wohnung zu kommen. Ich könnte ja beim Einzahlungsautomaten ein wenig Geld einzahlen, kam mir in den Sinn.

Also schnell angezogen, Geld unter die Arme und ab zur Garage, das Auto holen. Meine Bank befand sich in Thalkirchen in der Nähe des Tierparks. Über den Mittleren Ring war ich in einer Viertelstunde dort. Auf dem Rückweg fuhr ich über Harlaching. Tja, und dort entdeckte ich einen riesigen total neuen Edeka. Edeka hat sich ja nun wirklich rausgemacht in den letzten dreißig Jahren. Auf alle Fälle befindet sich in Harlaching ein sehr schöner, großer, übersichtlicher Edeka mit einem großen Parkplatz davor.

Typischer Eingang mit den Einkaufswägen und einer kleinen Bäckereiecke. Dann die Kassen, vor denen sich ein relativ großzügiger freier gefliester Raum befand. Ich holte mir einen Einkaufswagen und drehte mich mit meinem Wagen in Richtung Eingang, als ich alle möglichen Lebensmittel über die gefliese freie Fläche kullern sah. Eine Essigflasche ging dabei zu Bruch und verbreitete sofort ihren scharfen Gestank. Lecker, dachte ich mir. Mein Blick schweifte über alle Lebensmittel, um mir ein Bild dieser kleinen Verwüstung zu machen.

Am anderen Ende der freien Fläche kniete eine blonde Dame auf dem Boden. Erstes Mustern meinerseits ergab: Völlige Verzweiflung. Zweites Mustern ergab: Na ja, nicht unattraktiv!

Ob mich nun meine erste oder meine zweite Feststellung dazu veranlasste, der Blondine zu helfen, überlasse ich Ihnen als Leser.

Jedenfalls ging ich zur Kasse, um eine Plastiktüte zu kaufen. Die Kassiererin konnte die Kasse allerdings erst wieder öffnen, wenn jemand zahlen würde, den sie gerade abfertigte. Ich bat die Kassiererin deshalb, mir einfach so eine Plastiktüte zu geben ohne Wartezeit, drückte ihr 5 Euro in die Hand und meinte auf Bairisch: »Basst schoo« (zu Deutsch: Passt schon).

Ich ging zum Eingangsbereich und half der Blondine. Die war mit Aufwischen und Zusammenklauben beschäftigt und bemerkte nicht gleich, dass ich ihr die Lebensmittel in eine Tüte packte.

Blöde Kuh, dachte ich mir, aber wenig später bedankte sie sich bei mir, als ich ihr die volle Plastiktüte überreichte. Ich ging nun endlich einkaufen und genoss diesen herrlichen neuen Edeka. Am Ende meines Einkaufs ging ich zu meinem Auto.

Dort traf ich dann tatsächlich die Blondine wieder, die sich nochmals bedankte und mir ihre Telefonnummer in die

Hand drückte. Ich dachte mir, okay, aber es wird wohl eher nicht der Fall sein, dass ich mich melden würde.

Wochen vergingen, und mir war als Single zu dieser Zeit wieder mal langweilig, und so fiel mir die Telefonnummer der Blondine ein. Ich rief tatsächlich an, und sie hatte natürlich keine Zeit. Aber wir verabredeten uns für den darauffolgenden Mittwochabend in der Innenstadt.

Seitdem sind nun mehr als drei Jahre ins Land gegangen. Und was soll ich sagen? Die 5 Euro haben sich echt gelohnt. Sie ahnen es mal wieder, geben Sie es zu. Richtig: Seit drei Jahren bin ich mit der wunderbarsten Frau des Universums zusammen – mit der Edeka-Blondine.

Tja, was lernen wir aus dieser Geschichte? Wenn Sie noch Single sein sollten, dann helfen Sie ruhig mal anderen.

Ihr Ronny Z. aus M.

Mord verjährt nicht. 2014

Mord verjährt nicht, wie jeder weiß. In dieser Geschichte geht es tatsächlich um einen Mord, sonst wäre der Titel nicht zutreffend. Es geht sogar um einen schon etwas heftigeren Mord, wenn Sie verstehen.

Ich hoffe, ich liege richtig mit dem Jahr 2014. Es ist nicht ganz leicht für mich, all diese Geschichten Revue passieren zu lassen und mich dabei auch noch genau an das richtige Jahr zu erinnern. Ist vielleicht schon das Alter, wer weiß.

Ich verspreche Ihnen, auch diesmal eine faszinierende Geschichte zu präsentieren, bei der man am Schluss wohl wieder ein lautes »Wow« hören wird.

In den Geschichten, die ich Ihnen bisher erzählt habe, bin ich einige Male privat unterwegs gewesen, bei der Bundeswehr oder nicht selten als Fahrlehrer. Diesmal wieder als Fahrlehrer. Sie erinnern sich vielleicht noch an Ihren ersten Führerschein; vielleicht ist es auch der einzige. Dabei traf man sich an irgendeinem bestimmten Ort zur Führerscheinprüfung. Ich habe in all den Jahren – über dreißig sind es inzwischen – als Fahrlehrer in München einige von diesen Treffpunkten kennengelernt. (Dreißig Jahre, mein Gott ...) Ich war Fahrlehrer in Schwabing, Pasing, Solln, in Haar bei München und natürlich zu guter Letzt im Münchner Osten. Einer dieser Treffpunkte, ist schon wieder ein bisschen her, befand sich an der Piuskirche am Piusplatz in Berg-am-Laim.

Kennt nicht jeder, sehe ich ein. Ein unspektakulärer Platz, nichts Besonderes.

Ich weiß nicht, wie viele Minuten meines Lebens ich an diesem Ort warten musste, um mit der Prüfung zu beginnen; warten musste, bis der Prüfer kam, der natürlich oft zuvor bei einer anderen Fahrschule prüfte, die ich dann quasi ablöste. So auch an einem Tag im Jahr 2014: Ich wartete geduldig und wartete und wartete.

Und wartete ...

Ich glaube, die Summe meiner Warteminuten dürfte im Laufe meiner Karriere ungefähr auf eine sechsstellige Zahl angewachsen sein. Alles zusammengerechnet wäre das ein schöner Jahresurlaub. Ach was, zwei oder drei.

Nun zu meiner Geschichte, dieser grausigen Geschichte.

Wir standen ziemlich lange vor der Piuskirche, aber diesmal wenigstens bei relativ schönem Wetter. So war das Warten nicht ganz so schlimm, bis endlich der langersehnte Prüfer kam. Es war auch noch der Leiter der Fahrerlaubnisprüfer vom TÜV höchstpersönlich. Seinen Namen müssen wir nicht unbedingt nennen. Nur so viel, er ist mittlerweile bereits in Rente und war ein sehr angenehmer Mensch.

Mein Fahrschüler und ich dachten nun, wir könnten sofort mit der Prüfung beginnen. Doch der Prüfer gab mir zu verstehen, dass er vorher noch eine Motorradprüfung abnehmen müsse und wir erst danach an der Reihe wären.

Der Motorradfahrer saß bereits in voller Montur auf dem Motorrad vor dem Fahrschulfahrzeug meines Vorgängers. Ich ging mit dem Prüfer noch direkt zum Prüfling hin. Als ich neben dem Motorrad stand, fiel mir auf, dass der Mann noch keine Motorradhandschuhe trug. Er hatte an einer Hand einen Verband, der etwas verrutscht war. Ich half dem Prüfling dabei, diesen Verband wieder zurechtzurücken, damit er seine Handschuhe anziehen konnte. Kurz darauf fuhren das Motorrad und das dazugehörige Fahrschulfahrzeug ab. Wir warteten also wieder. Die darauffolgende Führerscheinprüfung war unkompliziert und nicht weiter erwähnenswert.

Monate später hatte ich den gleichen Prüfer wieder.

Als wir uns zur Prüfung trafen, war alles wie immer, doch dann fragte er, ob ich mich an die Motorradprüfung vom letzten Mal erinnere.

Ich antwortete: »Na klar!«

Hierauf erzählte er mir Folgendes. (Ihnen wird leider gleich das Herz stehen bleiben.)

Er, der Prüfer, habe damals den Motorradfahrer gefragt, wovon denn die Verletzung an seinem Arm herrühre, worauf dieser meinte, er habe sich tags zuvor beim Abendessen mit einem Brotzeitmesser verletzt.

Nun aber die Wahrheit: Der Motorradfahrer war mit seiner damaligen Freundin in Streit geraten. Diese hat er dann im Zuge der Auseinandersetzung getötet. Aber dabei verletzte er sich nicht. Dieses Missgeschick unterlief ihm erst, als er mit der Hilfe seines Vaters die Leiche der getöteten Freundin in dessen Werkstatt zerstückelte. Denken Sie nicht weiter darüber nach, nehmen Sie diese Tatsache lieber einfach so hin, ohne sich die Einzelheiten auszumalen.

Tja, jetzt stellte sich natürlich die Frage, vor der jeder Mörder steht, ganz gleich ob Profi oder Anfänger: Wohin mit den Leichenteilen? Nun, da das Ganze, soweit ich mich erinnere, im Landkreis Vaterstetten passierte, verteilte man die Leichenteile im Ebersberger Forst. Ist ja naheliegend.

Krass, oder?

Mein Prüfer musste bei einer der Verhandlungen mit dabei sein, um zum Beispiel auszusagen, dass der Angeklagte am Tag nach dem Mord noch die Nerven besaß, zur Motorradprüfung anzutreten – und sie auch noch zu bestehen.

Die Strafe für den Vater des Mörders fiel sehr gering aus, weil die beiden im Vater-Sohn-Verhältnis stehen.

Na ja, der Motorradfahrer wurde sicherlich wegen Mordes verurteilt; und wegen Leichenschändung. Aber darum ging es doch auch in dieser Geschichte – um Mord. Mord verjährt nicht.

Und nun wünsche ich Ihnen, dass Sie nie im Leben etwas mit Mord zu tun haben. Mit dem Tod an sich haben wir ja schon Probleme genug.

Ihr Ronny Z. aus M.

Die Maus. 2015

Tja, was soll ich sagen, es folgt nun wieder eine unglaublich seltsame Geschichte.

Bestimmt kennen Sie auch jemanden, der unglaubliche Geschichten erzählen kann. Der sie so toll erzählen kann, dass man schon fast gefesselt ist von seiner Erzählung. Jedenfalls in dem Moment, in dem er sie erzählt. Wenn man sich die Geschichte dann später nochmal vor Augen hält, ist man allerdings schnell ernüchtert. Solche »Märchenerzähler« können sich so hineinsteigern in ihren Stoff, dass sie selbst schon daran glauben, was sie so verzapfen. Ich hatte jahrelang einen von dieser Sorte als Nachbarn. So kam es, dass ich immer wieder mal mit ihm einen Abend verbringen musste, wobei stets auch das eine oder andere Bier unsere Kehlen hinunterfloss. Weißbier war sein Getränk. Na ja, warum auch nicht. Ich trank damals eher dunkles Bier, heute ehrlich gesagt lieber ein Glas Wein.

Peter (Name geändert) verstand es, bei zunehmendem Alkoholkonsum Geschichten an den Tag zu bringen, die einen einfach nur zum Schmunzeln brachten. Aber nicht weil die Geschichten so toll waren, sondern eher aus Mitleid oder Verwunderung darüber, wie ein Mensch so wahnsinnig viel seltsames Zeug erzählen konnte. Wenn alle Geschichten wahr gewesen wären, dann hätte Peter ein Haus mit Sauna, Swimmingpool, eigenem Gärtner und mindestens fünf Garagen haben müssen, außerdem zwei Ferraris, eine atemberaubende Frau und ein aus allen Nähten platzendes Bankkonto.

Heute geht es aber um Gérard (Name geändert); für alle Nichtfranzosen unter Ihnen: Man spricht den Namen *Scheraa* aus.

Nun, ich war zu seiner Hochzeit eingeladen. Richtig, das war eine von diesen Hochzeiten, bei denen keiner länger als zwei Stunden bleiben möchte, aber mindestens acht Stunden bleiben muss.

Ich war mit meinem Wohnmobil, das ich bald darauf gegen einen Wohnwagen austauschte, angereist. Somit war die Übernachtung schon mal gesichert. Allerdings: über 300 Kilometer Anreise waren nicht gerade angenehm.

Die Trauung war für den späten Vormittag anberaumt, was für uns bedeutete, dass wir gegen sechs Uhr morgens in München aufstehen mussten. Die Trauung selbst war relativ angenehm, und danach gab es einen kleinen Umtrunk mit Sekt oder Sekt-Orange. Anschließend fuhr man zum eigentlichen Austragungsort der Hochzeitsfeier, also dem Restaurant. Nachdem alle ihr weißes Schleifchen an der Autoantenne oder sonst wo angebracht hatten, versuchte jeder natürlich einen guten Platz im Autocorso zu bekommen. Niemand wollte abgehängt werden, denn natürlich wusste mal wieder niemand genau, wohin es ging. So geht es eben zu auf Hochzeiten, Sie kennen das sicherlich. Zu einer hoch auf dem Berge gelegenen kleinen Burg sollte es gehen, die von einer Familie aus drei Generationen bewirtschaftet wurde. Wobei die älteste Generation für die Küche verantwortlich war. Ganz tolles leckeres Essen sollte uns hier erwarten. Na ja, und die mittlere Generation war für die Dekoration und alles Organisatorische verantwortlich und natürlich für die Finanzen, also für die spätere Abrechnung. Die jüngste

Generation musste wohl auf ihren freien Tag und Abend verzichten und war zur Bedienung abkommandiert.

Ein vorzügliches Mittagessen, den Kaffeekranz sowie das Abendessen hatten wir bereits hinter uns gebracht. Langeweile kam nicht auf, nein. Sie hockte bereits seit Stunden fest im Saal und lungerte auch draußen vor der Tür herum. Draußen hielt auch ich mich auf mit den engsten Verwandten, Freunden und so weiter.

Ja, und hier stieß nun Gérard zu uns. Irgendwann kam es dazu, dass Gérard und ich alleine an einem Tisch saßen. Wir stießen nochmal zusammen auf die laufende Hochzeit an. Tja, und nun erzählte er mir diese wahnsinnige Geschichte, die mich heute noch zum Schmunzeln bringt und alle, denen ich sie erzähle.

Wir tauschten zunächst die üblichen Informationen aus. Infos über Arbeit, Familie, Hobbys et cetera. Aber dann kamen wir zu den Themen Menschlichkeit, Hilfsbereitschaft, Behinderte in der Gesellschaft, Tierversuche und dergleichen. Wir quatschten über alles Mögliche.

Auch über das Thema Straßenverkehr sprachen wir. Ich meinte, dass es so viele unmögliche Menschen am Steuer gebe, die mit ihrem Auto nur angeben könnten, andere bedrängen, schneiden und anhupen würden. Wenn allerdings am Straßenrand ein Rollstuhlfahrer vor einem zu hohen Bordstein stehe, würde keiner anhalten, um zu helfen. Anstatt Gott auf Knien zu danken, dass sie gesund sind und ein Auto fahren können. Und jetzt legte Gérard los.

Es war an einem zunächst verregneten Herbsttag, an dem Gérard früh aufstehen musste. Gérard arbeitete als Promoter oder wie immer man das nennt. Es war ein Samstag, an dem Gérard mehrere Kilometer von zu Hause entfernt arbeitete und seine gerade frisch angetraute Frau bis in die frühen Abendstunden auf ihn wartete. In einem größeren Baumarkt sollten Elektrobohrmaschinen von Black und Decker angepriesen werden.

Als er am Abend gegen 18 Uhr in seinem Auto die Heimreise antrat, dämmerte es bereits. Im Laufe der Heimfahrt sollte es noch absolut dunkel werden, und die Fahrt führte nach einem großen Stück Autobahn über die Landstraße. Sie wissen, wie verregnete, mit Laub bedeckte Landstraßen nachts im Herbst aussehen? Alles ist schwarz, und das Wasser auf der Fahrbahn scheint das Licht der Scheinwerfer verschlucken zu wollen. Auf Deutsch, man sieht nicht besonders gut.

Außer man heißt Gérard und verfügt über Adleraugen mit eingebauten Xenonscheinwerfern. Denn er meinte, auf dieser Landstraße sei ihm Folgendes passiert. Als er gutgelaunt so dahinfuhr, gute Musik quoll aus seinen Lautsprechern, überquerte eine Feld- oder Wald- oder Wiesenmaus die Fahrbahn. Gut, so genau konnte er die Maus auch wieder nicht erkennen. Im Scheinwerferlicht sei sie plötzlich aufgetaucht und vor seinem heranfahrenden Auto erschrocken. Gérard zögerte nicht eine Sekunde. Er drückte seinen Fuß auf die Bremse und hielt am Straßenrand an. Es war wenig Verkehr, versicherte mir Gérard an diesem Samstagabend. Während er ausstieg und bis er wieder weiterfuhr, kam kein einziges Fahrzeug vorbei.

Gérard lief ein paar Schritte zurück, zu der verschreckten Feldmaus am Fahrbahnrand. Aus der Nähe konnte er jetzt natürlich ganz deutlich sehen, dass es eine Feldmaus war. Ganz behutsam ging er auf sie zu, während er beruhigend auf sie einsprach. Er legte seine Hand auf den Boden und schob diese vorsichtig, Millimeter für Millimeter vor sich her in Richtung Maus.

Ja, ja, Sie ahnen es, stimmt's? Richtig, die Maus kroch ganz langsam auf seine Hand. Er legte seine zweite Hand sanft von oben auf das Tier, um es zu wärmen und nicht zu verlieren. Im Anschluss brachte er die Maus auf die andere Straßenseite. Dort setzte er sie ins Gras, und die Maus verschwand nach kurzem Zögern im Dickicht des Waldes und in der Dunkelheit. Wenn ich mich recht entsinne, drehte sie sich noch einmal kurz um, bevor sie endgültig verschwand, und blickte zu Gérard. Und lächelte.

Gérard ging zurück ins Auto und verharrte dort einen Moment. Er dachte darüber nach, wie schön es doch sei, jemandem zu helfen, und dass er in Bälde auch zu Hause und im Warmen sein durfte. Er dankte Gott dafür, so etwas Berührendes erlebt zu haben. Daraufhin fuhr er los. Zu Hause angekommen, erzählte er die Geschichte seiner Lebenspartnerin.

Sie fragen sich jetzt natürlich, was ich nun tat. Ich war sprachlos. Wollte ich Gérard zu verstehen geben, dass ich so viel Müll auf einmal noch nie gehört hatte? Ich entschied mich, vielleicht um des lieben Friedens willen, so zu tun, als würde ich ihm die Geschichte abkaufen.

Ich hasste mich lange Zeit dafür, nichts erwidert zu haben. Andererseits tröste ich mich damit, dass es viele von Ihnen vermutlich genauso gemacht hätten.

Gérard ging kurze Zeit später zurück zu den Gästen. Ich musste erst noch ein wenig vor mich hingrübeln, bevor ich zu meiner Hochzeitsclique zurückging. Meiner Schwester und meinen Schwager erzählte ich kurz darauf diese seltsame Geschichte. Sie können sich vorstellen, ich konnte nicht anders, als diese unglaubliche Geschichte sofort loszuwerden. Der Erfolg ward mir schnell beschert, alle lachten lauthals.

Tja, wenn ich diesmal nur wüsste, was wir aus dieser Geschichte lernen.

Ich muss gestehen: Ich weiß es selbst nicht.

Ihr Ronny Z. aus M.

Duschen und dabei Steak essen. 2015

Ich sage erst mal hallo und freue mich, Ihnen eine neue Geschichte präsentieren zu dürfen. Eine Geschichte, bei der sicherlich zum Beispiel Glasreiniger nichts geholfen hätte. Ich gebe des Weiteren zu, duschen und gleichzeitig Steak essen ergibt keinen Sinn, aber zumindest hintereinander.

Es beginnt, wie schon einmal eine Geschichte, die zwanzig Jahre früher spielt, mit der Einladung zu einer Hochzeit. Es sollte die Hochzeit meiner lieben Tochter Evi sein.

Im Hochsommer 2015 fand die Traumhochzeit statt. Eine Hochzeit, die Gott sei Dank nicht so langweilig war wie so viele andere. Sie kennen das vielleicht von der einen oder anderen Hochzeit, bei der es irgendwann am Nachmittag zum absoluten Leerlauf kommt, weil nichts geschieht, außer dass man auf den nächsten Gang wartet oder auf Kaffee und Kuchen oder das Abendessen. Dabei kann man sich höchstens mit der eigenen Begleitung unterhalten, sofern man eine hat, Unterhaltungen am Tisch sind schwierig, wenn man niemanden kennt.

Bei Evis Hochzeit aber geriet von Anfang bis Ende nichts ins Stocken, es gab ständig irgendeine Unterhaltung, sei es mit den Sitznachbarn, Bekannten, Freunden, oder es gab irgendein Rahmenprogramm.

Das war sehr angenehm und schön.

Ich erwähnte ja schon, dass es Hochsommer war. Also dieser Sommer hatte es in sich, das heißt es war wirklich heiß, so auch an diesem Tag. So war es wohl nicht verwunderlich, dass alle schwitzten, auch ich.

Als Fahrlehrer ist man es gewöhnt, vor mehreren Fahrschülern zu reden, doch eine Rede bei der Hochzeit der eigenen Tochter machte auch mich ein wenig nervös. Also kam ich auf die Idee, vor dieser Rede nochmal aufs Zimmer zu gehen und eine Dusche zu nehmen. Ein großer Fehler, wie sich später herausstellte.

Meine spätere Frau Doris begleitete mich aufs Zimmer und blieb im Schlafraum, als ich splitternackt in die Dusche ging, eine rundherum völlig verglaste Dusche. Ich stellte mein Shampoo auf die Ablage, während ich mit der anderen Hand ohne größeren Kraftaufwand die Glastür zuzog.

Plötzlich machte es einen lauten Knall, und die Duschkabinentür zerbrach in tausend kleine Glaswürfel. Einige davon ritzten meine Haut auf. Die linke Seite meines Körpers, die der Tür zugewandt gewesen war, war übersät mit Glaswürfelchen, die teilweise in meiner Haut steckten. Doris, die den Knall der zerspringenden Tür gehört hatte, stürmte herein und fragte: »Was ist denn passiert?« Nun ja, man sah, was passiert war. Ich bat Doris ein Handtuch zu bringen, um dieses auf die Glassplitter zu legen. Nur so konnte ich aus der Dusche kommen.

Ich zog mich an und ging zur Rezeption. Dort gab man uns ein neues Zimmer. Die Rezeption meinte, dass dies nicht zum ersten Mal passiert sei.

Wenig später trat ich zu meiner Rede als Brautvater an, und es war sicherlich ein witziger Anblick, wie während der Rede immer mehr kleine rote Blutflecken mein weißes Hemd übersäten. Als würde ich Blut schwitzen.

Damit aber noch nicht genug. Nur zwei Wochenenden später gingen Doris und ich in München shoppen. Es ist sicherlich normal, dass man beim Shoppen Hunger bekommt. Wir entschieden uns für das Asado-Steakhouse am Rindermarkt. Platz genommen, und ich bestellte mir das feinste und zarteste Steak, das Ganze verfeinert mit Blattspinat und Knoblauchbaguette. Alles in allem lecker. Wir unterhielten uns während des Essens, die Zeit verging wie im Flug, und ich hatte mein Steak fast aufgegessen, als ... Oh Gott, beim allerletzten Bissen war mir ein Stück Zahn abgebrochen. Dachte ich zumindest. Ich spuckte den vermeintlichen Zahn aus.

Sie ahnen es, stimmt's? Richtig, es war kein abgebrochener Zahn, es war ein Glaswürfel und völlig identisch mit den Glaswürfeln der Duschkabine des Hochzeitshotels. Ich erschrak wirklich, denn dieser Glaswürfel hätte sich in meiner Speiseröhre sicherlich nicht gut angefühlt. Nun untersuchte ich meinen Teller genauer und fand zu meinem Schrecken noch mehrere dieser Glaswürfel.

Ich war stinksauer und schrie nach dem Kellner. Der kam auch sofort an den Tisch, konnte sich die Glaswürfel nicht erklären und verschwand in der Küche. Wenige Augenblicke später kam der Geschäftsführer zu uns und meinte, in der Küche sei leider etwas zu Bruch gegangen und wir könnten uns auf Kosten des Hauses eine Nachspeise aussuchen. Mir persönlich war der Appetit vergangen. Doris bestellte sich eine Nachspeise. Kurz darauf zahlten wir unsere Rechnung.

Heute sind wir ziemlich sauer auf uns selbst, meine Frau und ich, weil wir die Zimmerrechnung bei der Hochzeit sowie die volle Rechnung im Steakhouse bezahlt haben. Ich glaube, viele von Ihnen hätten dies nicht getan und sich bitterbitterböse beschwert, ohne die Rechnung zu begleichen. Egal, ich bin froh, keinen Splitter ins Auge bekommen zu haben, und meine Speiseröhre funktioniert auch noch.

Denken Sie bei Ihrem nächsten Steak oder der nächsten Dusche mal an mich.

Ihr Ronny Z. aus M.

Einmal Pipi bitte. 2016

Mein Gott, ich muss mich bei Ihnen entschuldigen, schon wieder eine Geschichte aus der Fahrschule und aus München. Okay, aber ich verspreche, es wird ganz witzig und am Ende sagen Sie sich: Ne, was es alles gibt.

Ich gebe zu, wir hatten schon mal eine Geschichte über eine Nachtfahrt. Ah, Sie erinnern sich. Natürlich, Katharina, die mit den Dessous. Ich sehe schon, Sie haben so ein Schmunzeln im Gesicht. Weil Sie eigentlich zugeben müssten, Ihrer Frau oder Lebensgefährtin Dessous von Agent Provocateur, gesprochen: *Ascho Provokatör*, gekauft zu haben. Egal, diese Geschichte beginnt auch mit einer Nachtfahrt.

Es war an einem heißen Juliabend. Diesmal ging es ein bisschen später los, gegen ziemlich genau 21 Uhr. Mein Fahrschüler, nennen wir ihn mal Robert, wollte unbedingt seine Freundin zur Nachtfahrt mitnehmen. Ich mache so etwas höchst ungern. Mitfahrer sind nicht so gut versichert wie meine Fahrschüler. Ich sagte trotzdem ausnahmsweise zu. Also ging es zu dritt zum Auto. Zuvor teilte mir Robert bereits in der Fahrschule mit, dass er kein Geld dabeihabe, um die Nachtfahrt zu bezahlen. Also fragte er, ob wir unterwegs bei einer Bank anhalten könnten. Meine Antwort: »Kein Problem.«

So eine Nachtfahrt dauert heutzutage drei Mal 45 Minuten, nicht so wie früher 45 Minuten. Über diese 135 Minuten lässt man es dann natürlich eher ruhig angehen. Unsere Reise führte uns vom Münchner Osten nach Schwabing. Ich dachte mir, ich besuche mal wieder meine alte Heimat. Auf der Leopoldstraße kurz vor der Münchner Freiheit machte ich dann einen folgenschweren Fehler. Ich suchte nämlich die falsche Bank aus.

Wir hielten um die Ecke in einer Seitenstraße. Robert ging alleine zur Bank, bewaffnet mit seiner EC-Karte. Seine Freundin und ich warteten im Auto und unterhielten uns über Musik.

Es dauerte nur kurze Zeit, da stieg Robert wieder ziemlich eilig und aufgeregt ins Auto. Er wandte sich sofort zu uns und erzählte von einer etwas eigenartigen Frau in der Bank. Susi, seine Freundin, und ich schauten uns kurz an, und dann hatten wir auch schon beide den Türgriff in der Hand, um uns die Frau mal anzusehen.

Ausgestiegen also, Auto abgesperrt und nun zu dritt zur Bank. Die Bank betrat man um diese Uhrzeit mittels EC-Karte, dann öffnete sich eine Glastür, und dahinter kam eine zweite. Diese Glastür, meinte Robert, stehe sonst immer offen. Tja, jetzt war sie jedoch aus irgendeinem Grund zugefallen und ließ sich nicht mehr öffnen. Durch die Glastür sah man hell erleuchtet zwei Geldautomaten. Außerdem befand sich in diesem Raum, wie bereits von Robert angekündigt, die etwas eigenartige Frau. Sie saß auf dem Boden und stammelte vor sich hin. Als sie uns sah, kam sie zur Tür und rüttelte unsanft an ihr. Sie brabbelte irgendwas und gab auch sonst komische Laute von sich.

Eigentlich war mir ziemlich schnell klar, die Frau konnte nicht sprechen oder war sogar taubstumm. Ich versuchte ihr mit Händen und Füßen zu erklären, dass ich dafür sorgen würde, dass die Tür aufging. Inzwischen kam uns die Dame auch schon durchaus etwas zornig vor. Offenbar war sie obdachlos oder so und wollte wohl den Raum zur Nachtruhe nutzen. Dabei war ihr vielleicht die Tür zugefallen, oder sie hatte sie bewusst geschlossen. Jedenfalls war es offensichtlich, dass sie schon längere Zeit nicht rauskonnte und eingeschlossen war. Offenbar waren wohl auch schon mehrere Kunden da gewesen, die jedoch immer nur ratlos vor der verschlossenen Tür standen und sich dann eine andere Bank suchten.

Ich ging zum Auto, um mein Handy zu holen. Auf dem Rückweg zur Bank wählte ich bereits die 110. Der Beamte in der Polizeiwache war natürlich nicht aus München. Er konnte nichts mit dem Namen »Leopoldstraße« anfangen – eine der berühmtesten Straßen in München, ach was, in ganz Deutschland – und auch nicht mit der Bank, in der wir waren. Ich erklärte ihm die Situation und dass wir Nachtfahrt hätten. Trotzdem befahl er mir, bis zum Eintreffen der Beamten dort zu warten.

Ich bat ihn nochmals, schon fahren zu dürfen, als ich plötzlich etwas sah ... Ich traute meinen Augen nicht. Die Frau hinter der Glastür hockte vor einem der Geldautomaten in der typischen Haltung von Frauen, wenn sie im Freien ihre Notdurft verrichten. *Und das tat sie auch* – während ich mit dem Polizeibeamten noch diskutierte, floss unter ihrem Rock ein immer größer werdender gelber See hervor. Okay, es war klar, sie war wirklich schon länger eingeschlossen. Ich legte auf und ging mit Susi und Robert nach draußen, um dort auf den Streifenwagen zu warten. Jedoch hörten wir kurz darauf heftiges Rütteln an der Glastür. Also gingen wir wieder nach drinnen, um die Frau irgendwie zu beruhigen.

Kurz darauf traf endlich der Streifenwagen ein mit einem Polizisten und einer weiblichen Kollegin. Der männliche Polizist war einfach nur peinlich und ging äußerst grob vor. Er schrie die Frau ungehobelt an und machte unsere vorherige Mühe, sie zu beruhigen, zunichte. Die Polizistin dagegen versuchte mit ihrer Haarspange die Tür zu öffnen; wie im Fernsehen, also eigentlich auch nur peinlich.

Ich bat nun darum, endlich fahren zu dürfen, unsere Anwesenheit war ja nun wirklich, wie soll ich sagen, überflüssig, doch der Polizist ließ mich nicht und wollte genauestens erklärt haben, wie es zu dieser Situation gekommen war. Ich machte ihm den Vorschlag, doch einfach den Hausmeister ausfindig zu machen, um die Tür zu öffnen. Ob das dann eingeleitet wurde, kann ich nicht sagen, wir fuhren kurz darauf weiter.

Eines kann ich Ihnen mit Sicherheit sagen, die Frau ist befreit worden; ich war kürzlich in Schwabing und habe extra nachgesehen.

Ich hoffe, Sie denken bei Ihrem nächsten Bankbesuch nicht an diese Geschichte und verspüren dann vielleicht noch Harndrang. Ich wünsche Ihnen lieber, dass Ihr Geldautomat auch in Zukunft immer schön flüssig ist.

Ihr Ronny Z. aus M.

Bitte, bitte aussteigen. 2018

Nein, nicht Sie. Sie sollen nicht aussteigen aus diesem Buch. Verstehen Sie mich nicht falsch, bleiben Sie da!

Es war 2018, ist also gar nicht *so* lange her, und es war wieder an einem Prüfungstag.

In dieser Geschichte geht es um einen russischen Fahrschüler. Vielleicht war er es, der aussteigen sollte? Sie werden es erfahren, ein bisschen Geduld. Nun zur Geschichte, Sie sind doch neugierig, oder? Ich glaube, es geht zum dritten Mal um eine Fahrschulprüfung.

Einige Fahrschulen im Münchner Osten treffen sich zur Fahrschulprüfung auf dem Parkplatz des Michaelibades. Hier ist Platz zum Parken, zum Treffen und zum Warten auf den Prüfer. Ich erwähnte bereits, dass man als Fahrlehrer so manche Zeit mit Warten verbringt, so auch an diesem Tage.

Bevor mein Russe an die Reihe kam, ging unser Prüfer noch schnell auf die Toilette im Michaelibad. Mein russischer Fahrschüler und ich waren also kurz alleine an meinem Auto und warteten. Da dieser Fahrschüler an diesem Tag der letzte Prüfling war, musste er den Prüfer nach Unterhaching bei München fahren. Ich erklärte dem Fahrschüler, dass wir nicht mehr zum Michaelibad zurückkommen würden, da die Prüfungsfahrt in Unterhaching an der TÜV-Prüfstelle enden würde. Dort würde der Prüfer aussteigen, und wir beide würden nach München zurückfahren. Da ich an diesem Tag zusammen mit meiner Frau einen wichtigen Termin beim Notar hatte, musste ich nach der Prüfung relativ schnell zurück nach Hause. Natürlich lagen wir wie immer hinter der Zeitplanung zurück. Weiterhin erklärte ich meinem Fahrschüler, dass ich ihn selbstverständlich mit nach München nehmen würde und ihn dort an einer öffentlichen Haltestelle aussteigen ließe.

Mein Russe fiel mir dann ins Wort und meinte, er müsse unbedingt zum Michaelibad zurück. Ich erklärte ihm nochmals, dass wir nicht dorthin zurückkommen würden. Wiederum gab mir mein Russe zu verstehen, nein, er müsse zum Michaelibad zurück. Das ging drei oder vier Mal so hin und her, bis unser Prüfer von der Toilette zurückkam und keine Zeit für Diskussionen übrig war.

Wir stiegen ins Auto, Sitz und Spiegel einstellen und ab nach Unterhaching. Natürlich nicht direkt, sondern über eine typische Prüfungsstrecke mit Grundfahraufgaben wie Einparken, über den Beschleunigungsstreifen auf die Autobahn, über den Verzögerungsstreifen von der Autobahn runter, Rechts vor Links, 30er-Zone und vieles mehr.

In Unterhaching kurz vor dem TÜV-Gebäude, also dem Ende unserer Prüfungsfahrt, kamen mehrere Kreisverkehre hintereinander. Beim Verlassen eines Kreisverkehrs muss man Fußgänger die Fahrbahn überqueren lassen, denn es handelt sich ja um einen Abbiegevorgang. Tja, und das wollte mein Russe beim letzten Kreisverkehr, etwa hundert Meter vor dem eigentlichen Ziel, leider nicht. Ich musste deshalb bremsen, und wir ließen den Fußgänger passieren. Wir fuhren weiter zum TÜV und stellten das Auto auf dem TÜV-Gelände ab. Der Prüfer erklärte meinem Fahrschüler, warum er durchgefallen war. Dies wäre auch geschehen, wenn ich nicht eingegriffen hätte. Eben weil Fußgänger beim Verlassen des Kreisverkehrs Vorrang haben.

Ich hatte das Gefühl, dass mein Russe trotzdem mir die Schuld an seinem Nichtbestehen gab.

Der Prüfer verabschiedete sich von mir und meinem Fahrschüler, und ich bat diesen, auf dem Beifahrersitz Platz zu nehmen.

Ich stieg links ein, Sitz und Spiegel ganz schnell eingestellt, und schon lief der Motor. Bevor ich losfuhr, sagte ich meinem lieben Russen, dass wir nun nach München fahren würden und ich ihn am Giesinger Bahnhof (öffentliche Verkehrsmittel vorhanden) aussteigen lassen würde. Tja, und nun meinte mein lieber Russe wieder, er müsse zum Michaelibad. Ich wurde daraufhin ein wenig unwirsch: »Kruzifix, ich habe doch nun wirklich mehrmals gesagt, dass wir dort nicht mehr hinkommen.«

Worauf der Fahrschüler die Arme verschränkte wie die russischen Kosaken zum Kosakentanz und laut und deutlich sagte: »Dann steige ich nicht aus.« Ich glaubte meinen Ohren nicht zu trauen, machte den Motor aus und fragte völlig entgeistert: »Sag mal, was soll das, oder was meinst du eigentlich, wer du bist?« Sie können mir glauben, ich war mehr als stinkesauer.

Eine Erklärung meinerseits, dass ich einen wichtigen Termin beim Notar hätte, meine Frau auf mich bereits wartete und wir einige Verspätung hatten, half nichts. Die Antwort des Russen blieb dieselbe: *Nein, ich steige nicht aus!*

Mir ging alles Mögliche durch den Kopf, nur hatte ich keine Zeit mehr, denn der Notartermin rückte immer näher. Also gab es für mich nur eine Möglichkeit: den blöden Russen (»lieben Russen« hiermit gestrichen) zum Michaelibad zu fahren. Allerdings hatte ich etwas vor, was mein Russe nicht wusste. Die Fahrt dorthin würde etwa zwanzig Minuten dauern. Auf diesem Weg würde mir sicherlich ein Streifenwagen begegnen, und diesen würde ich anhalten. Ich war fest davon überzeugt. Nach dem Anhalten würde ich die Beamten bitten, die Person rechts von mir aus meinem Eigentum (Auto) zu entfernen. Ich hielt links, rechts, einfach überall nach einem Streifenwagen Ausschau. Denken Sie, ich hätte einen einzigen auf der Fahrt entdeckt? Nein, nicht einen. Meine Wut stieg von Minute zu Minute.

Tja, nach ungefähr fünfundzwanzig Minuten hatten wir das Michaelibad erreicht. Dass ich nicht noch auf den Parkplatz fuhr, sondern auf der Straße außerhalb des Parkplatzes anhielt, kann wohl jeder verstehen. Ich sagte nichts mehr zu meinem Russen. Er stieg aus, knallte mir noch die Beifahrertüre fest zu, und ich war nahe daran loszufahren, bevor er seine Siebensachen aus dem Kofferraum holen konnte.

Ich wartete ein paar Sekunden, was mir sehr schwerfiel, bis auch der Kofferraum zugepfeffert wurde.

Ich weiß nicht, was wir daraus lernen könnten, aber ich weiß, dass mir so etwas nicht noch einmal passieren wird. Unseren Notartermin erreichten wir im letzten Moment. Der Notar hatte auch Verspätung. Das nächste Mal verschränke ich auch meine Arme und warte und warte und warte. Irgendwann steigt jeder aus, oder?

Ihr Ronny Z. aus M.

Ein Tag wie jeder andere. 2019

Bitte nicht traurig sein, aber dies ist die letzte Geschichte, die ich Ihnen aus meinem bewegten Leben erzähle, zumindest vorerst. Lesen Sie ruhig weiter. Anschließend werden Sie wahrscheinlich dasselbe tun wollen wie ich, nämlich alles aus Ihrem Leben aufschreiben.

Ganz normale Arbeitstage erleben wir in unserem Leben ständig, und so begann auch dieser Tag. Nur endete er nicht ganz so normal.

Meistens, das wissen Sie vielleicht, fahren wir Fahrlehrer im Neunzig-Minuten-Takt oder auch mal nur fünfundvierzig Minuten am Stück, dann wechselt man den Fahrschüler oder legt eine Pause ein.

Ich war nach einem Fahrschülerwechsel direkt in unser Prüfungsgebiet gefahren, als ich auf der Heinrich-Wieland-Straße von einer Zivilstreife aufgehalten wurde. Das Fahrzeug überholte uns zunächst, setzte das Blaulicht aufs Dach, und der Beifahrer hielt eine Winkerkelle aus dem Fenster mit der Aufschrift: »Halt, Polizei«. Nachdem wir angehalten hatten, kamen die zwei Beamten an mein bereits geöffnetes Fenster auf der rechten Seite. Ich überlegte in diesem Moment: »Wo ist denn mein Fahrlehrerschein, verdammt, mein Führerschein, mein Ausweis?« Was mich aber am meisten bewegte: Was hatten wir bloß falsch gemacht?

Die beiden Beamten standen ja schon neben meinem Fenster, und ich wollte sie fragen, ob ich zur hinteren Tür dürfe. Dort wollte ich die Fahrzeugpapiere aus meinem Aktenkoffer holen. Aber einer der beiden ergriff sofort das

Wort und erklärte mir, dass sie vorher im Streifenwagen überlegt hätten, was wohl das »ZA« an meinem Heck bedeute.

Ich heiße ja nun mit Nachnamen Zander, und dieses »ZA« in Form eines Nationalitätszeichens, also wie das »D« für Deutschland, habe ich deshalb an den Kofferraum meines Autos geklebt. Dazu kommt ein »ZA« im Kennzeichen nach dem »M« für München. Beides zusammen, in Verbindung mit den seitlichen Werbeschildern meines Fahrschulautos, auf denen dann der Name »Zander« steht, fand ich eben werbefördernd.

Ich erklärte nun den beiden Polizisten, dass »ZA« eigentlich als Nationalitätszeichen für Südafrika steht. Genauer gesagt: Zuid-Afrika, das ist eine alte niederländische Bezeichnung. Weiterhin, dass ein Fahrschüler, der aus Südafrika stammte, mir den Aufkleber nach bestandener Führerscheinprüfung zum Abschied geschenkt hatte. Damit gaben sich die beiden Polizisten absolut zufrieden, räumten jedoch ein, dass beide mit ihrer Vermutung danebengelegen hatten. Sie verabschiedeten sich freundlich und wünschten uns eine gute Fahrt.

Meine Fahrschülerin, die wohl ihre erste Polizeikontrolle erlebt hatte, musste sich etwas von dem Schrecken erholen, und dann ging es ganz wie gewohnt weiter.

Der Tag verlief nun wie jeder andere, bis zum Nachmittag. Um 14 Uhr 30 wechselte ich wieder einmal meinen Fahrschüler. Ich fuhr, wie meistens, von der Fahrschule weg in Richtung Rosenheimer Straße und bog in diese ein. Wir fuhren keine zwanzig Sekunden auf dieser großen Ausfallstraße, da erkannte ich Blaulicht im Rückspiegel und schon wieder eine Winkerkelle. Ich dachte erst, ich träume, aber nein, beim zweiten Blick in den Spiegel war ich mir sicher, dass die Kelle mir galt.

Ich bat meinen Fahrschüler, »die Füße wegzunehmen«, und bremste unser Auto selbst ab, um am Fahrbahnrand in zweiter Reihe stehen zu bleiben. Einer der Beamten stieg sehr zügig aus, um anschließend an meiner Beifahrertür stehen zu bleiben. Ich ließ meine Scheibe herunter, und der Beamte kniete nun mit verschränkten Armen neben meiner Tür. Nach einem kurzen »Grüß Gott« meinte er: »Schauen wir doch mal, ob Sie überhaupt 'ne gültige Lizenz haben.«

Ich dachte mir, was ist das denn für ein Polizist, der den Fahrlehrerschein »Lizenz« nennt.

Nun ja, ich nahm es so hin und bat ihn zurückzutreten, damit ich zu meiner hinteren Tür konnte. Hier liegt immer mein Aktenkoffer, in dem sich meine Papiere und sonstiger Kram befinden. Als ich gerade die Tür öffnete, kam ein weiterer Beamter zu meinem Fahrzeug, mit so einem abwertenden Grinsen im Gesicht, das war zumindest zunächst mein Gefühl. Aber weit gefehlt, der gute Mann war mir sogar freundlich gesinnt und meinte sofort, ich solle mich nicht ärgern lassen und den anderen Beamten gar nicht beachten. Das verwunderte mich natürlich nicht wenig.

Nun erklärte man mir die ganze Situation beziehungsweise, warum man mich angehalten hatte. Im Zivilstreifenwagen, der ja immer noch hinter uns stand, sitze eine ehemalige Fahrschülerin von mir, und die hatte die beiden Polizisten gebeten, mich zu kontrollieren, nachdem sie ihr ehemaliges Fahrschulauto erkannt hatte. Nun kam wirklich einen kleinen Augenblick später Katharina zu uns (Name nicht geändert – ich hoffe, sie freut sich darüber). Ich sah sie, brach sofort in lautes Lachen aus und begrüßte sie mit den Worten: »Ich glaub es nicht, du Nudel«, oder etwas Ähnliches.

Nun war alles ganz locker, die Beamten, Katharina und ich quatschten noch ein paar Minuten zusammen über die Situation, über den Polizeidienst und das Fahrlehrerdasein. Ich war natürlich auch etwas erleichtert, denn man hat anfangs immer ein komisches Gefühl, wenn man kontrolliert wird. Ich fand es allerdings auch cool von Katharina, auf die Idee zu kommen, mir einen kleinen lieb gemeinten Streich zu spielen.

Tja, und nun wünsche ich Ihnen allen, falls Sie mal kontrolliert werden, dass die Beamtin Katharina heißt.

Ihr Ronny Z. aus M.

Schlusswort

Nun hoffe ich, dass Sie auch wirklich jede Geschichte gelesen haben. Ich habe ja mehrmals bei meinen Geschichten betont, dass alle wahr sind und von mir selbst erlebt.

Das stimmt auch so weit – bis auf eine einzige Geschichte. Welche das ist, das bleibt mein Geheimnis. Ich lade Sie herzlich dazu ein, darüber zu spekulieren ...

Zum Schluss möchte ich mich bei allen bedanken, die mir ihre Zustimmung gaben, über sie zu schreiben. Außerdem danke ich meiner bezaubernden Frau, der schönsten Frau des Universums, die mir sehr bei der Entwicklung des Buches und der Korrektur half sowie die eine oder andere Stunde auf mich verzichten musste, weil ich am Schreibtisch saß, um an diesem Buch zu arbeiten.

Ihr Ronny Z. aus M.

PS: Natürlich danke ich auch meinem guten alten Freund Hannibal Lecter – äh, Entschuldigung, jetzt hab' ich mich verschrieben, ich meinte: meinem Lektor Florian Oppermann aus München.

ISBN 978-3-7485-5048-8

www.epubli.de